ULRIKE BRENNING

Wenn sich die Welt auftut

Auf Flügeln des Gesanges

Inhalt

	Grußworte	6
	Editorial	8
1	**Wer wir sind** Über Tradition, Gegenwart und Zukunft des Mädchenchor Hannover	12
2	**Die Chorschule:** das sichere Fundament für den Konzertchor Ausbildungsstufen im Mädchenchor Hannover	34
3	**Im Klang zu Hause** Der neue Chorsaal in der Christuskirche	56
4	**Inspiration:** Komponisten schreiben für den Mädchenchor Hannover	64
5	**Die Chorleiter** Künstlerische und pädagogische Verantwortung	82
6	**Lebensbilder und Lebenswege** Ehemalige Chorsängerinnen und ihre Eltern erinnern sich	106
7	**Der Mädchenchor Hannover auf Reisen** Unterwegs als musikalischer Botschafter	126
8	**Teamgeist und Organisation** Vielfältige Unterstützung hinter den Kulissen	132
9	**Dokumentation** CDs, Auftragskompositionen, bedeutende Konzertsäle und Konzertereignisse	140
	Impressum	156

GRUSSWORT

Wenn der Mädchenchor Hannover 70 Jahre alt wird, darf der Deutsche Musikrat als Gratulant nicht fehlen: Neben zahlreichen weiteren nationalen und internationalen Auszeichnungen errang der Chor gleich im 1. Deutschen Chorwettbewerb 1982, der seither im vierjährigen Turnus durch den Deutschen Musikrat nach Vorausscheidungen in den Ländern durchgeführt wird, den ersten Preis – und seither drei weitere Male, zuletzt 2014, also 32 Jahre später. Das Geheimnis dieser beeindruckenden Nachhaltigkeit besteht in einer dreistufigen, mit sieben Jahren beginnenden Ausbildung, die neben dem Singen die Vermittlung musikalischer Kenntnisse, Hörerziehung und ausdrücklich die behutsame Entwicklung der Persönlichkeit beinhaltet. Sie stellt die Voraussetzung für eine mögliche Mitwirkung im Konzertchor dar, der zu einem Aushängeschild und Botschafter der reichen Chorkultur Deutschlands geworden ist.

Dass die Nachfrage bei Weitem die Aufnahmekapazität übersteigt, beweist einmal mehr, welch elementare Anziehungskraft das Singen im Chor ausübt, wenn es nicht nur zu so herausragenden künstlerischen Ergebnissen führt, wie dies seit sieben Jahrzehnten weltweit konzertant und vielfältig dokumentiert auf Tonträgern zu erleben ist, sondern auf jeder Stufe dieses Weges prägende Erfahrungen bereithält. Dies ist einer hervorragenden Infrastruktur und treuen Förderern, Freunden und Partnern zu verdanken, vor allem aber herausragenden pädagogisch-künstlerischen Persönlichkeiten. In den vergangenen 40 Jahren war dies, zunächst gemeinsam mit Ludwig Rutt, dann während zwei Jahrzehnten alleinverantwortlich, die heutige Ehrenchorleiterin Prof. Gudrun Schröfel. Ihr sei zum Erreichten stellvertretend für alle Verantwortlichen herzlich gedankt und gratuliert.

»Es ist eine alte Geschichte; doch bleibt sie immer neu.« Dieser Satz Heinrich Heines gilt in besonderer Weise für den nun 70 Jahre alten und doch unaufhörlich sich erneuernden, immer jungen und stets aufs Neue, nunmehr unter Leitung von Prof. Andreas Felber begeisternden Mädchenchor Hannover. Möge das noch lange so bleiben!

Prof. Martin Maria Krüger,
Deutscher Musikrat
Präsident

GRUSSWORT

Fangen wir mal mit den Standards an: Hannover ist eine Chorstadt. Die Dichte von Vokalensembles ist so beneidenswert wie deren Vielfalt. Von Kirche über Jazz, Mixed und Vivid bis zum Seemannschor wird so ziemlich jeder Horizont erreicht. Neben der schieren Masse beeindruckt aber vor allem die hohe Qualität: Aus Hannover kommen exzellente Musikerinnen und Musiker, die einen großen Teil ihrer künstlerischen Sozialisation in Kinder- und Jugendchören erlebt haben. Und da wiederum stechen seit sieben Jahrzehnten zwei Ensembles hervor: Wie Parallelen, die sich frühestens in der Unendlichkeit treffen werden, haben sie ihre eigenen Kosmen gebildet. Trotz einer klaren, biologisch begründeten Trennung gab es immer ein gesundes Konkurrenzgefühl zwischen »den Knaben« und »den Mädchen«.

Es ist entwaffnend, einem ehemaligen Knabenchor-Knaben das Grußwort für den Mädchenchor zu übertragen. Aber es beweist Haltung: Das selbstreferenzielle System wird ausgehebelt.

Und da sind wir schon mittendrin im »Prinzip Mädchenchor«: Wir begegnen einer verschworenen Gemeinschaft, in der zu der chortypischen Mischung aus Exzellenzförderung und Basispflege (natürlich mit lokalen Konzerten und weiten Reisen) eine entscheidende Schutzzone etabliert wird: Im Mädchenchor können sich Mädchen und junge Frauen frei entwickeln. Damit ist er keine Insel der Glückseligen, er bleibt ein Spiegel der Gesellschaft, aber das männlich dominierende Silberrückengehabe bleibt außen vor. Als das Fußballnationalteam der Frauen 2019 noch mit dem drastischen Claim »Wir brauchen keine Eier – wir haben Pferdeschwänze« um die verdiente Aufmerksamkeit buhlen musste, war das Ensemble aus Hannover in seiner Szene bereits seit Jahrzehnten etabliert. Der Mädchenchor ist als Garant für professionelle Kunst und originelle Aufführungsformen Frischluftzufuhr für internationale Konzerthäuser und Veranstalter. Da für einen Chor dieser Leistungsklasse auch das Repertoire permanent neu geschaffen werden muss, liegt der Mädchenchor auch in der Musik für heute vorn.

Der Chor kämpft nicht für Gleichberechtigung, er praktiziert sie, indem er einen gleichwertigen, aber eben weiblichen Gegenpol zum Knabenchor bietet. Für uns, damals, vor über vierzig Jahren, waren »die Mädchen« vielleicht ein notwendiges Übel. Vorstandssprecherinnen und Gendern lagen in weiter Ferne. Aber die weitsichtige, freundschaftliche und zielgerichtete Strenge von Gudrun Schröfel und ihrem Leitungsteam haben die Chormitglieder weit vor der Zeit für die heutige Gesellschaft erzogen und ihr großartige Sängerinnen geschenkt. Während die eine oder andere Tiger Mom noch heute glaubt, ihr Mädchen könne nur in einem Knabenchor zur internationalen Spitze vordringen, ist der Mädchenchor Hannover der lebendigste Beweis dafür, dass »It's a Man's World« längst ausgesungen ist.

Michael Becker,
Intendant der Düsseldorfer Symphoniker
und der Tonhalle Düsseldorf

EDITORIAL

Liebe Leserin, lieber Leser,

Sie erleben in diesem Buch den Mikrokosmos des Mädchenchor Hannover in vielen Facetten: von der Faszination, in einem so guten Chor mitzusingen, von dem langen Weg der Mädchen, die mit sieben Jahren beginnen und die dann, nach einer für jugendliches Alter gefühlten Ewigkeit, in den Konzertchor aufgenommen werden. Sie aber haben immer das Ziel vor Augen und Ohren: Sie möchten eines Tages in diesem Konzertchor singen, auf Chorreisen gehen, ihre besten Freundinnen nicht nur in der Schule treffen, sondern dort, wo für sie ein Ankerplatz ist: bei Chorproben, bei der Stimmbildung, in gemeinsam gesungenen Konzerten.

Ich bin in Hamburg geboren, bin dort zur Schule gegangen, und ich habe in Hamburg meine musikalische Ausbildung erhalten. Zunächst im Kindergarten, wo viel gesungen wurde, dann in der Grundschule, ebenfalls mit viel Gesang. Dennoch wünschte ich bisweilen, ich wäre in Hannover aufgewachsen: Ich wäre bestimmt im Mädchenchor gewesen und heute eine der begeisterten Ehemaligen. Ich hätte die Sommer in Frenswegen genau wie sie in meine Erinnerungsgalerie aufgenommen, die Reisen, die Konzerte, die Proben, die Stimmbildung, und ich würde alle klingenden Erinnerungen durchschreiten, singend und mit Vorfreude auf das nächste Ehemaligentreffen.

Eine Biografie, die mit dem Mädchenchor Hannover verbunden ist, hat einen ideellen Ort, der neben dem Elternhaus viel bedeutet. Musikalische Bildung, die sich mit Persönlichkeitsentwicklung, wachsendem Verantwortungsbewusstsein und Gemeinschaftssinn paart, verleiht den Mädchen etwas, das sie nicht verlieren können. Das habe ich in über mehr als 20 Jahren erfahren können, die ich den Mädchenchor Hannover immer wieder von außen kommend begleite – als Journalistin, als Autorin –; mit respektvoller Distanz. Den Auftrag für dieses Buch zu erhalten, ist der Höhepunkt meiner bisherigen Beschäftigung mit dem Mädchenchor Hannover.

Ich danke Gudrun Schröfel für die großartige Unterstützung meiner Recherchen, dem Chorbüro für die stete Hilfsbereitschaft und dem Mädchenchor Hannover für inspirierende Konzerte und CDs.

Ihnen, liebe Leserin und lieber Leser, wünsche ich viel Freude bei der Lektüre und der Erkundung des Mikrokosmos »Mädchenchor Hannover«.

Dr. Ulrike Brenning

DANK

Im Jahr 1978 fragte mich Ludwig Rutt, ob ich als zweite Chordirigentin gemeinsam mit ihm den Mädchenchor Hannover leiten wolle. Ich sagte gern zu, und wir bildeten eine Doppelspitze, die über zwanzig Jahre bestand; ab 1999 war ich alleinige künstlerisch verantwortliche Leiterin. Ich habe in diesen mehr als vier Jahrzehnten einen musikalisch unglaublich begeisterungsfähigen und leistungsstarken Chor gestalten dürfen und – weil es ein Merkmal von Jugendchören ist – einen sich stets erneuernden Chor. Darin lagen die ständige Herausforderung und die Beglückung zugleich, die mit einem jungen Ensemble verbunden sind. Der Mädchenchor Hannover zählt zu den weltbesten Jugendchören. Die Sängerinnen haben über Jahrzehnte und Generationen engagiert an dieser hohen Qualität gearbeitet, und es war mir eine Freude, diese Begeisterung mit meinen Kompetenzen als Chordirigentin, Stimmbildnerin und Gesangspädagogin verantwortungsvoll zu unterstützen und zu Höchstleistungen befähigen zu können.

Doch es ist auch klar: Meine Erfolge mit dem Chor sind nur mit einem hervorragenden Team qualifizierter, künstlerisch-pädagogisch erfahrener Kolleginnen und Kollegen möglich gewesen.

Allen voran der Musiker und Musikpädagoge Georg Schönwälder, der von 1975 bis 2018 den Nachwuchschor leitete, seine Frau Gaby, besonders kreativ in der Umsetzung von Musik in Bewegung, und Swantje Bein, die eine gute Mischung von Singen und theoretischem Wissen vermittelt – sie alle sorgen für das Fundament der musikalischen Allgemeinbildung, auf der die anspruchsvolle Konzertchorarbeit gedeihen kann.

Die Leistungsstärke des Chors ist auch durch die Zusammenarbeit mit hervorragenden Pianisten wie Karl Bergemann, Siegfried Strohbach, der Pianistin Andrea Jantzen (geborene Schnaus) sowie Nicholas Rimmer und Nicolai Krügel gesteigert worden.

Und nicht unerwähnt bleiben darf das professionelle Management, ohne das der Chor nicht ganz Europa, die USA, Israel, Brasilien, Korea, Japan und China bereist hätte: Gudrun Rutt, Julia Albrecht und Johannes Held seien stellvertretend genannt.

Von 2017 an leitete ich gemeinsam in einer Doppelspitze mit meinem Nachfolger Andreas Felber den Mädchenchor Hannover; seit 2019 bin ich Ehrenchorleiterin. Zum 70-jährigen Bestehen des Mädchenchor Hannover bedanke ich mich bei allen Chorsängerinnen, die ich dirigiert habe, allen Mitarbeiterinnen und Mitarbeitern im Team und hinter den Kulissen, allen wunderbaren Musikerinnen und Musikern, Dirigentinnen und Dirigenten, die unseren Weg begleitet haben und weiterhin begleiten – und wünsche dem Mädchenchor Hannover eine glückliche Zukunft.

Gudrun Schröfel

1

Konzert zum zehnjährigen Bestehen des Mädchenchors 1962 in der Aula der Tellkampfschule.

Der Konzertchor des Mädchenchor Hannover im Oktober 2021.

Wer wir sind

Über Tradition, Gegenwart und Zukunft
des Mädchenchor Hannover

Der Mädchenchor Hannover ist offizieller
Botschafter der UNESCO City of Music.

Was ist ein Mädchenchor?	16
»Mädchen des süßen Gesangs«. Historische Streiflichter *Susanne Rode-Breymann*	20
Interview mit Andrea Jantzen	26
Der Mädchenchor Hannover als musikalischer Botschafter	29

»Wenn sich die Welt auftut«

Das ist der Titel dieses Buchs über den Mädchenchor Hannover. Im Jahr 2000 sang der Chor die Uraufführung des gleichnamigen Werks, komponiert von Einojuhani Rautavaara. Der finnische Komponist hatte den Auftrag für das EXPO-Jahr 2000 von Chorleiterin Gudrun Schröfel erhalten. »Wenn sich die Welt auftut«: Mit diesem Titel verbinden sich Gedanken an Zukunft, an Offenheit, an Aufbruch und an Harmonie – Assoziationen, die auch auf den Mädchenchor Hannover zutreffen.

Was ist ein Mädchenchor?

»Es gibt gemischte Chöre, Männerchöre, Frauenchöre, Knabenchöre mit und ohne Männerstimmen. Sie alle haben ihre Traditionen, ihren musikalischen Rang und ihre Literatur. Ein Mädchenchor hat das zunächst nicht, er muss alles selbst in Gang setzen«, schrieb der Musikwissenschaftler und Herausgeber Peter Schnaus im Einleitungskapitel des Buchs »Die Stimme der Mädchen«, das 2002 anlässlich des 50-jährigen Bestehens des Mädchenchor Hannover erschien. Inzwischen sind 20 Jahre vergangen – und der Chor hat viel in Gang gesetzt: Auftragskompositionen, ein eigenes Chorhaus, ein professionelles Management, eine tragfähige Zukunftsperspektive und beeindruckende musikalische Erfolge, die die kontinuierlich hohe Qualität des Mädchenchors belegen.

Zum 70-jährigen Bestehen kann man sagen, anders als noch vor 20 Jahren, dass der Mädchenchor Hannover gleichwertig neben der Riege berühmter Knabenchöre steht. Der ehemalige Leiter des renommierten Dresdner Kreuzchors, Roderich Kreile, hat ausdrücklich darauf hingewiesen, dass es eine Aufgabe sei, die Gleichwertigkeit ins Bewusstsein zu bringen – vorausgesetzt, die Qualität stimmt. In einem Hörfunkinterview *(Deutschlandradio Kultur)* äußerte sich Kreile: »Genauso gibt es hervorragende Mädchenchöre, vielleicht nicht in der Zahl, aber wenn ich an den Mädchenchor Hannover denke, aus dessen Reihen ja sehr viele bekannte Sängerinnen und Musikerinnen hervorgegangen sind ...« – so stellt er eine faktische Gleichrangigkeit her.

Der Mädchenchor Hannover ist heute weltweit einer der führenden Chöre seiner Gattung: Er genießt in der internationalen Chorwelt ein hohes Ansehen und wurde zu Konzerttourneen in fast alle europäischen Länder, in die USA, nach Israel, Brasilien, Chile, Russland, Japan und China eingeladen. Der Chor gewann erste und zweite Preise bei nationalen und internationalen Chorwettbewerben, u. a. viermal den Deutschen Chorwettbewerb, den Johannes Brahms Wettbewerb Hamburg, den BBC Award London »Let the Peoples Sing«, die internationalen Kammerchorwettbewerbe Marktoberdorf, »Guido d'Arezzo«, Varna, und in Tolosa gab es einen dritten Preis. Der Mädchenchor Hannover produziert Aufnahmen für zahlreiche Rundfunkanstalten in Deutschland und im europäischen Ausland, und er ist auf mehr als 20 CDs zu hören. Das Repertoire reicht von der Renaissance bis zur Musik des 21. Jahrhunderts. Gudrun Schröfel hat es um mehr als 30 Auftragskompositionen erweitert, deren Uraufführungen sie dirigierte.

»Wenn sich die Welt auftut« – sie hat sich für den Mädchenchor Hannover aufgetan, weil er konsequent seine Chancen nutzt, diese Besetzung im Musikleben weiter zu verankern: national wie international, auf Konzertreisen, bei Wettbewerben, mit CD- und Hörfunkaufnahmen und regelmäßigen Auftritten vor Publikum in Hannover und der Welt.

Der Konzertchor des Mädchenchor Hannover hat 85 aktive Sängerinnen im Alter zwischen zwölf und 19 Jahren. Im Gegensatz zu vielen Knabenchören, wie beispielsweise den Leipziger Thomanern oder den Dresdner Kruzianern, ist der Mädchenchor Hannover nicht an ein Internat gekoppelt, sondern bezieht seine Leistungsstärke aus einem vierstufigen Bildungssystem, das die Mädchen nicht aus ihren familiären und schulischen Zusammenhängen reißt.

»Ich finde es sehr wichtig, dass die Mädchen in ihrem familiären und schulischen Umfeld bleiben. So ist es möglich, dass sie auch andere junge Menschen treffen, die wiederum andere Interessen haben. Die Mädchen sollen sich einen Weitblick erwerben, und dafür ist ein vielfältiges Bildungsniveau eine wichtige Voraussetzung. Ich finde es sehr anregend, wenn sie aus ihrem individuellen familiären und schulischen Umfeld im Chor zusammenkommen – wobei ich aufgrund meiner langjährigen Erfahrung sagen kann: Die Chorfreundschaften zählen oft viel mehr als die Schulfreundschaften.«

Gudrun Schröfel in einem Interview auf hr2 (7. Dezember 2012)

In den 1980er Jahren gründete Gudrun Schröfel einen Chorrat, eine Initiative, die das soziale Miteinander und die Selbstverwaltung dieses kleinen kulturellen Zentrums, das der Mädchenchor Hannover darstellt, stärkt. Das System »Chormutter/Chorkind«, das bedeutet, dass eine ältere Chorsängerin ein jüngeres Chormitglied betreut, trägt in hohem Maße dazu bei, dass die Kinder und Jugendlichen in dieser besonderen Zusammensetzung verschiedener Altersstufen im Mädchenchor lernen, intensive Erlebnisse miteinander zu teilen.

Erste Fernsehaufnahme bei der BBC, Bristol 1963.

Der Mädchenchor Hannover singt 1968 im Neuen Rathaus Hannover anlässlich der Verleihung der Stadtplakette an den Chor.

»Wenn sich die Welt auftut« – für die Mädchen tut sich die Welt auf, denn in diesem jugendlichen Alter steht natürlich die Gegenwart im Mittelpunkt und noch mehr die Zukunft. 2022, das Jahr, in dem der Mädchenchor Hannover sein 70-jähriges Bestehen feiert, möge verschont bleiben von pandemiebedingten Konzertabsagen wie 2020 und 2021. Diesen Wunsch haben nicht nur die Sängerinnen des Chors, sondern auch alle, die sich ihm verbunden fühlen. Manche haben sogar noch die Anfangsjahre erlebt: 70 Jahre erfüllte und erfüllende Chorgeschichte.

Noch immer beginnt die Laufbahn im Mädchenchor Hannover mit einer Aufnahmeprüfung. Für die Mädchen, die je nach ihrem Leistungsstand in die verschiedenen Stufen der Chorschule aufgenommen werden, bedeutet es oft eine Weichenstellung für ihr Leben.

Eines der Mädchen ist Rosemarie Onnasch. Sie berichtet von ihrer Aufnahmeprüfung 1952:

»Meine Gedanken gehen jetzt weit zurück –
bis ins Jahr 1952 –, als mich meine Mutter auf eine
Zeitungsnotiz aufmerksam machte:
›Da werden für einen Chor Mädchen gesucht, die
gerne singen. Im Haus der Jugend gibt es einen
Termin für eine Aufnahmeprüfung.‹
Ich wählte ›Bunt sind schon die Wälder‹.
Mir ist bis heute gegenwärtig, wie sehr mir
die Klavierbegleitung gefiel.
Meiner Mutter konnte ich verkünden:
›Ich darf mitsingen!‹
Die Tatsache, dass ich mit einer kurzen Auszeit, die
ich im Rahmen eines Schüleraustauschs in Frank-
reich verbrachte, bis zu meinem 24. Geburtstag mit
Begeisterung und großer Freude im Mädchenchor
sang, spricht für sich.
Es entwickelte sich zu Herrn Rutt und seiner Frau
eine ganz besondere Verbindung, die all die Jahre
überdauerte.«

Choreographierte Musik: Der Mädchenchor interpretiert Cy Colemans »Witchcraft«. Galerie Herrenhausen, Juni 2016.

Ludwig Rutt war der erste Chorleiter des Mädchenchor Hannover; 1978 kam Gudrun Schröfel als weitere Chorleiterin hinzu. Beide zusammen bildeten eine künstlerische und musikpädagogische Doppelspitze, bis Gudrun Schröfel 1999 die alleinige Leitung übernahm. Sie hat den Chor zu seiner heutigen Leistungsstärke geführt. Über die vielen Jahre hat Gudrun Schröfel die Entwicklung des Klangkörpers Mädchenchor, d. h. den mehrstimmigen Frauenchor, nachhaltig geprägt und sich unermüdlich für die Eigenständigkeit dieser Besetzung engagiert.

Musikgeschichtlich betrachtet reicht die Tradition der Mädchenchöre weit zurück, denn insgesamt ist die Geschichte des Mädchen- und Frauengesangs sehr viel älter als beispielsweise 70 Jahre. Es gibt historische Vorbilder, die teilweise mit ähnlichen Lernphasen und Organisationsformen arbeiteten wie der Mädchenchor Hannover. Prof. Dr. Susanne Rode-Breymann, Musikwissenschaftlerin und Präsidentin der Hochschule für Musik, Theater und Medien Hannover, ist der Frage nachgegangen, wo diese Vorbilder zu finden sind. Ihr folgender Text vermittelt einige faszinierende Einblicke in die Geschichte des Mädchengesangs.

> »Wir haben überhaupt keine Nachwuchssorgen. Wir machen einmal im Jahr Aufnahmeprüfungen, und da kommen um die 100 Leute. Wir können 30 bis 40 Mädchen aufnehmen, und es ist auch nicht so, dass wir besonders talentierte Mädchen aussuchen, sondern wir suchen diejenigen aus, die eine gesunde, funktionsfähige Stimme haben und die bei uns lernen und sich weiterentwickeln.«
>
> *Gudrun Schröfel in der Sendung »Profil« im Deutschlandradio Kultur (26. September 2008)*

Drei singende Frauen in der Rolle dreier Nymphen
(Balthasar Küchler: »Repraesentatio«, 1611).

»Mädchen des süßen Gesangs«
Historische Streiflichter

Ein Mädchenchor – das scheint auf den ersten Blick nichts Ungewöhnliches zu sein, eben ein Chor mit einer besonderen Besetzung. Obgleich er vielleicht etwas seltener anzutreffen ist als gemischte Chöre, hat er im Chorwesen seinen festen Platz. Wie so oft trügt auch hier der erste Blick, denn klangästhetisch und historisch handelt es sich bei den »Mädchen des süßen Gesangs« um ein besonderes und keinesfalls in allen Zeiten anzutreffendes Phänomen. Das ästhetische Empfinden für die Schönheit von Stimmen war stets starken Schwankungen unterworfen. Die für uns vollkommen fremde Klangwelt der Kastraten etwa, die vor 300 Jahren alle Bewunderung der Menschen auf sich zog, weckte erst im 20. Jahrhundert erneut Interesse, sodass man in Filmen und Romanen versuchte, diesen Stimmzauber wieder lebendig werden zu lassen.

Eine besondere Ausstrahlung wurde den hohen Stimmen gleichwohl fast immer zugestanden. »Der Discantus«, so schrieb Johann Andreas Herbst 1643 in *Musica Poetica*, sei »eine liebliche Stimm/welche billich mit Jungfrawen Kehlen sollte gesungen werden«, denn »gemeinglich« sei »diese Stimm zierlicher/als die andern«. Wurden die hohen Stimmen in der weltlichen Musik des 17. Jahrhunderts mit Jugendlichkeit und Anmut assoziiert und die Sopranstimmen in der Oper dieser Zeit für die musikalische Darstellung von Göttinnen und Nymphen eingesetzt, so nutzte man auch in der geistlichen Musik eine bestimmte Symbolik von Stimmlagen, innerhalb derer zum Beispiel der Sopran für die gläubige Seele stand.

Tatsächlich sind die Klangunterschiede zwischen Kastraten-, Mädchen- und Frauenstimmen sowie Knaben- und Männerstimmen erheblich. Es ist also wenig überraschend, dass zu verschiedenen Zeiten der eine oder der andere Klang zum Ideal erhoben wurde und dabei die Klangmöglichkeiten des ›Instruments weibliche Stimme‹ auf verschiedene Weise musikalische Wirkungskraft entfalten konnten.

Margherita Gonzaga, eine große Liebhaberin von Musik und Tanz (Porträt nach Frans Pourbus d. J. um 1612).

Sucht man nach Momenten in der Musikgeschichte, in denen der Frauenstimme besondere Aufmerksamkeit entgegengebracht wurde, ja, in denen ganz besondere Frauenstimmen den ästhetischen Umbruch im Hinblick auf das Klangideal sogar beförderten, wenn nicht sogar initiierten, so muss man einen Blick in das Ferrara des späten 16. Jahrhunderts werfen: Um die Mitte des 16. Jahrhunderts hatte in Italien ein Geschmackswandel eingesetzt. Man bevorzugte ein neues Klangideal und Sänger mit einem anderen Timbre, als es die aus dem franko-flämischen Raum nach Italien gekommenen Sängerkomponisten favorisiert hatten. Die Falsettisten wurden nun von den Kastraten verdrängt.

Nicht weniger Aufsehen als die Kastraten erregte das »Concerto delle donne« in Ferrara, ein Sängerinnenensemble, welches das Stimmideal der Folgezeit prägte. Initiatorin dieses Frauenensembles – so überraschend das bei einer Herzogin dieses Alters anmuten mag – war die 15-jährige Margherita Gonzaga, eine große Liebhaberin von Musik und Tanz. Als sie 1579 Alfonso II., Herzog von Ferrara, heiratete, holte sie die gleichaltrige Livia d'Arco und die erfahrene Sängerin Laura Peverara als Hofdamen zu sich. Ihr Gatte ließ dem um Anna Guarini und später Tarquinia Molza ergänzten Frauenensemble alle nur erdenkliche Förderung zuteilwerden, sodass die Frauen ihre vor allem dem Madrigal gewidmeten Gesangskünste binnen kurzer Zeit zu großer Perfektion entfalten konnten. Schon 1583 (Livia d'Arco hatte inzwischen das Alter von 19 Jahren erreicht) wurde das Frauenensemble weithin gerühmt.

Das »Concerto delle donne« des Herzogs von Ferrara, das gegen Ende des Jahrhunderts wohl beinahe täglich zu hören gewesen ist, dominierte nicht nur das Musikleben von Ferrara, sondern fand überregionale Beachtung und Nachahmung. Die Medici gelangten durch Alessandro Striggio, der 1584 in Ferrara war, in Kenntnis dieser wunderbaren Stimmen. Orlando di Lasso trug, tief beeindruckt von den Frauenstimmen, die Kunde von den ruhmreichen Sängerinnen im folgenden Jahr nach Bayern. Weitere Musiker kamen an den Ferrareser Hof, erlagen der Faszination der singenden Frauen und vermittelten ihren Dienstherren, dass diese so etwas auch fördern sollten. Folglich gab es in den 1590er Jahren an zahlreichen norditalienischen Höfen »Concerti delle donne«, für die man Mädchen manchmal schon im Alter von elf Jahren an die Höfe holte.

Zwar zielte der Wandel des Stimm- und Gesangideals bei den »Concerti delle donne« auf einen solistischen und nicht auf einen choristischen Gesang, dennoch trägt dieser historische Höhepunkt des Frauengesangs einen wichtigen und vollkommen neuen Aspekt in sich, insofern der Gesang, der zuvor lediglich Teil der höfischen Erziehung gewesen war, nun für die Frauen auch zu einer Profession werden

Venedig: An vier Mädchenkonservatorien wurden ab dem 16. Jahrhundert Chöre und Instrumentalgruppen gegründet.

Im 15. Jahrhundert war unter den Humanisten die Frage nach dem Menschsein und der Vernunftfähigkeit der Frau diskutiert worden. Man debattierte – mit positivem Ergebnis zugunsten der Frauen – darüber, ob diese über gleiche Bildungsvoraussetzungen wie Männer verfügen und ob ihre Ausbildung grundsätzlich wünschenswert sei. Zur Verbreitung dieser auf eine Förderung beider Geschlechter zielenden höfischen Bildungsideen trug Baldassare Castigliones *Il Libro del Cortegiano* (1528) bei.

konnte. Das entscheidende Neue dieser »Concerti delle donne« war, dass Frauen das Singen über die Mädchenjahre hinaus fortsetzen und professionalisieren konnten. In der Nichtfortsetzbarkeit dessen, was sie in den Mädchenjahren gelernt hatten, hatte zuvor ein kaum überwindbares Problem gelegen.

An allen Höfen und in allen Fürstenhäusern, an denen Humanisten als Sekretäre, Berater und Diplomaten tätig waren, wurde Castigliones Schrift studiert, sodass sich die Idee einer gleichberechtigten Ausbildung von Jungen und Mädchen in Norditalien verbreitete. Die Gonzagas etwa ließen ihre Söhne und Töchter gemeinsam von dem humanistischen Pädagogen Vittorino da Feltre erziehen.

Castiglione, im Dienst von Francesco Gonzaga stehend, beschreibt in seinem *Il Libro del Cortegiano* vier Abende mit Gesprächen um Herzogin Elisabetta Gonzaga. »Das dritte Buch«, so fasst es der Historiker Peter Burke zusammen, »dreht sich um die Eigenschaften der vollkommenen Palastdame [...]. Es geht darum, welche Kenntnisse der Literatur, Musik und Malerei eine Dame des Hofes benötigt, und auch darum, wie sie gehen, gestikulieren, sprechen und tanzen sollte. Daran schließt sich ganz selbstverständlich eine damals sehr aktuelle Debatte über Wert, Gleichheit oder ›Würde‹ der Frau im Vergleich zum Mann an. Gasparo Pallavicino behauptet [...], Frauen seien ›ein Fehler der Natur‹, ›die unvollkommensten Geschöpfe, wertlos im Vergleich mit dem Manne‹, worauf Giuliano de' Medici mit Beispielen weiblicher Leistungen in der Antike [...] wie in moderner Zeit [...] kontert. Während Giuliano behauptet, dass Frauen ebenso viel verstünden wie Männer, meint Cesare Gonzaga, ihre Funktion sei es, Männer zu ritterlichen Taten zu bewegen, außerdem hingen Anmut und Glanz eines Hofes von ihnen ab.«

Das heißt nach der Verheiratung blieb den Frauen, wollten sie kulturell tätig werden, eigentlich nur der Weg in die mäzenatische Rolle, wie sie Margherita Gonzaga für die Entwicklung des »Concerto delle donne« übernahm oder wie sie Elisabetta Gonzaga in noch umfassenderem Umfang spielte, indem sie Literaten um sich sammelte, Künstlern wie Raffael Aufträge gab, Musik und Tanz förderte und Theaterstücke aufführen ließ.

Nur wenn Klangästhetik und Erziehungsideale in glücklicher Konstellation zueinanderstehen, sind die »Mädchen des süßen Gesangs« vernehmlich zu hören. Zwar gab es seit dem 17. Jahrhundert stets große Sängerinnen und Frauen,

Das vornehme Venedig war ein Ort, an dem bereits im 16. Jahrhundert leistungsstarke Mädchenchöre existierten.

die als Mitglieder weiblicher Ensembles musizierten, als Chorsängerinnen traten Mädchen und Frauen jedoch bis ins 19. Jahrhundert hinein im Wesentlichen im Kloster oder Pensionat auf. Es gab nichts Vergleichbares zu dem nach 1810 geradezu explosionsartig anwachsenden Männerchorwesen, und auch bei diesem Phänomen ist erkennbar, dass die in der Französischen Revolution verkündeten Menschen- und Bürgerrechte sich nur auf Männer bezogen. Mensch und Mann wurden nun gleichgesetzt, und die Frau wurde, beginnend mit Jean-Jacques Rousseau, der in *Émile* (1762) völlig verschiedene Eigenschaften von Mann und Frau propagierte, aus der öffentlichen Sphäre ausgegrenzt und in den Raum des Familienlebens verwiesen.

So komponierte Franz Schubert Chöre für die Schülerinnen von Anna Fröhlich in Wien. Die Musikerziehung für Mädchen wurde in die Lehrpläne der Schulen eingegliedert. Das Chorsingen in den Elementarschulen Berlins wurde 1834 für Mädchen obligatorisch. Aber in die öffentliche Sphäre traten die »Mädchen des süßen Gesangs« noch lange nicht ein. Johannes Brahms' Hamburger Frauenchor, der von Friedchen Wagner, einer Klavierschülerin von Brahms, organisiert wurde, probte in den Elternhäusern der jungen Mädchen. »Wir sangen«, so berichtet Franziska Meier von einer Probe am 1. August 1859, »*Psalm 23* von Schubert und das *Ständchen (Zögernd, leise)*. Wir übten tüchtig, er ist prachtvoll genau beim Üben. Wenn die jungen Mädchen ihn doch alle ansehen möchten, würde das Dirigieren leichter sein.« Unter dem Repertoire, das Brahms mit dem bis 1862 bestehenden Chor probte, findet sich mit einem *Miserere* von Johann Adolph Hasse ein Werk, welches den Bogen zurück zu einem der bedeutendsten Höhepunkte der frühen Mädchenchorgeschichte schlägt. Es ist eine jener Kompositionen, die Hasse für eines der vier venezianischen Ospedali schrieb.

An den vier (ursprünglich Waisen aufnehmenden) Mädchenkonservatorien in Venedig bildeten sich im 16. Jahrhundert »cori« von Sängerinnen und Instrumentalistinnen. Zu den frühesten Aufgaben dieser »figlie del coro« gehörte die Aufführung von liturgischen Gesängen, Motetten und Antiphonen in kirchlichem Rahmen. Der früheste Beleg für ein Auftreten in anderem Rahmen ist ein Konzert, welches der »coro« des Ospedale degli Incurabili 1574 anlässlich des Besuchs von Heinrich III. in Venedig gab. Staunend berichtet ein Zeitzeuge, die Zuhörerinnen und Zuhörer hätten geglaubt, in den schönen und fein gekleideten jungen Sängerinnen Nymphen und Göttinnen zu hören. Mit dem Epitheton Engel, Nymphen, Musen und Sirenen wurden die »figlie del coro« auch weiterhin immer wieder bedacht. Ihr Ruhm verbreitete sich durch ganz Europa, denn galt es, in Venedig im 17. und 18. Jahrhundert Fürsten zu empfangen, wurden die »cori« aus allen vier Ospedali zusammengestellt und alles musikalische Können der Mädchen und jungen Frauen vorgeführt.

So gibt es denn auch zahlreiche Reiseberichte über den vollendeten Gesang. Johann Wolfgang von Goethe hörte die »figlie del coro«, als er im Frühjahr 1790 in Venedig weilte: »Hinter dem Gitter regten sich emsig und rasch Mädchen des süßen Gesangs«, heißt es in einem seiner *Venezianischen Epigramme* aus dem Jahr 1790. Fanden die Konzerte in Kirchen statt, war es üblich, die Mädchen durch Gitter von den Zuhörerinnen und Zuhörern zu trennen. Genaueres über die Singweise der Mädchen erfährt man aus einem Bericht von Johann Friedrich Reichardt, der 1791 schreibt, er habe »einige interessante Tenorstimmen unter den Mädchen« gehört, die »oft wie eine Bassstimme effectuieren«.

Der umfassendste Bericht stammt von Charles Burney, der die »figlie del coro« im Sommer 1770 gehört hat: An Sonn- und Festtagen, so schreibt er, singen die Chöre im Gottesdienst. Da die Chöre zur Gänze aus Frauenstimmen bestehen, sind sie dreistimmig, oft sogar nur zweistimmig gesetzt. Dies aber ist, vor allem wenn die Singstimmen durch Instrumente verstärkt werden, von solchem Effekt, dass man vollständige Akkorde nicht vermisst. Ja, die Melodien sind aufgrund des harmonisch wenig gefüllten Satzes um vieles stärker sinnlich wahrnehmbar und hervorgehoben. In den Ospedali singen viele Mädchen mit einer Altstimme bis zum A und G, was ihnen ermöglicht, stets unter dem Sopran und dem Mezzosopran zu bleiben.

Am 10. August fügt er seinem Bericht Details hinzu, die er in einem langen Gespräch mit Gaetano Latilla, einem Maestro des Ospedale della Pietà,

erfahren hat. Er berichtet über die 200-jährige Geschichte der Ospedali, in denen die Mädchen anfangs nur im einstimmigen liturgischen Gesang unterwiesen worden seien, dann allmählich im mehrstimmigen Singen und auch im Spielen von Instrumenten.

Es gibt wenig Angaben darüber, wie alt die Mädchen in den »cori« waren. Für das Jahr 1770 weiß man, dass ihr Alter zwischen 14 und 27 Jahren lag. Der Ausbildungsgang der Mädchen war in drei Altersstufen gegliedert: Bis zum Alter von 16 Jahren gehörten die Mädchen der Gruppe der Anfängerinnen an. Dann rückten sie für sechs Jahre in die Gruppe der Fortgeschrittenen auf, in der sie ihre Ausbildung ab-

Die fundamentale Ausbildung umfasste Vom-Blatt-Singen, Solmisation, Gehörbildung, Aufführungspraxis und Kontrapunkt. Spezialisierten sich die Mädchen auf eine Gesangsausbildung, kam das Training von Verzierungen hinzu. Täglich wurde jeweils eine Stunde für die Stimmbildung, auf die Entwicklung der Technik, auf das Vom-Blatt-Singen und für Stimmübungen verwendet.

Henry Purcell (1659–1695) komponierte die Oper »Dido and Aeneas«, die 1689 von Mädchen uraufgeführt wurde (Porträt: John Closterman zugeschrieben, spätes 17. Jahrhundert).

schlossen. Mit 22 Jahren, als ausgereifte »figlie del coro«, waren sie verpflichtet, in die dritte Gruppe zu wechseln. Diese hatte sich für weitere zehn Jahre an Aufführungen zu beteiligen und mindestens zwei jüngere Schülerinnen zu unterrichten.

Die gut 200-jährige Geschichte der venezianischen Ospedali lenkt den Blick auf einen weiteren Aspekt, der hinzutreten muss, sollen die »Mädchen des süßen Gesangs« vernehmlich zu hören sein: Neben Klangästhetik und Erziehungsidealen muss es Komponisten geben, die ein geeignetes Repertoire von Werken schaffen. Das waren im 18. Jahrhundert Hasse oder Niccolò Jommelli, die *Miserere*- und *Laudate pueri*-Kompositionen für die »figlie del coro« komponierten. Ferdinando Bertoni, Domenico Cimarosa, Baldassare Galuppi, Francesco Gasparini und Giovanni Legrenzi – um nur einige zu nennen – komponierten eine Vielzahl von Werken für Frauensolostimmen und Frauenchöre für die venezianischen Ospedali.

Ähnliches gilt für eine ganze Reihe von französischen Komponisten, u. a. Louis-Nicolas Clérambault, Michel-Richard de Lalande oder Jean-Baptiste Moreau, die Werke für die Mädchen der 1682 von Madame de Maintenon begründeten Maison Royale de Saint-Louis in Saint-Cyr schrieben. Bei all diesen Kompositionen denken wir heute meist ebenso wenig mit, dass sie von Mädchen uraufgeführt wurden wie bei Henry Purcells Oper *Dido and Aeneas*, die 1689 im Josias Priest's School of Young Ladies in Chelsea uraufgeführt wurde.

Es gibt noch einige Musik wiederzuentdecken, die ihre Existenz Momenten verdankt, in denen Klangästhetik, Erziehungsideale und die Kreativität von Komponisten sich so verbanden, dass die »Mädchen des süßen Gesangs« zu höchster Vollkommenheit gelangen und weithin hörbar werden konnten.

Susanne Rode-Breymann

Andrea Jantzen

INTERVIEW

Nach dem historischen Rückblick ein Perspektivwechsel: Andrea Jantzen (geborene Schnaus) war viele Jahre nicht nur Sängerin im Mädchenchor Hannover, sie war auch langjährige Klavierbegleiterin bei Proben und Konzerten und hat daher eine besondere Innensicht auf den Chor. Ulrike Brenning sprach mit Andrea Jantzen, die als Pianistin, Klavierlehrerin und Kammermusikerin mit ihrer Familie in Mainz lebt.

1. Liebe Frau Jantzen, Sie kamen 1983 in den Mädchenchor Hannover. Können Sie sich noch an Ihr erstes Konzert erinnern?

— Ich erinnere mich vor allem daran, wie verzweifelt versucht wurde, eine Konzertkleidung für mich zu finden, die mir passte. Ich war mit meinen zwölf Jahren jünger als die anderen und sehr klein. Der Altersdurchschnitt war damals deutlich höher als heute, und ich blieb etwa zwei Jahre lang das Nesthäkchen und schaute sehr beeindruckt zu den anderen Mädchen auf. An mein erstes Frenswegen erinnere ich mich gut, auch an das erste Konzert im Großen Sendesaal des NDR und an meine erste Konzertreise 1984 nach Finnland. Das alles waren für mich überwältigende Erlebnisse.

2. Sie haben im Konzertchor in einem Zeitabschnitt gesungen, als sowohl Ludwig Rutt als auch Gudrun Schröfel den Chor leiteten – eine hochinteressante musikalische und mutige Kombination. Wie haben Sie es damals als junges Chormitglied empfunden, und wie schätzen Sie es heute als erfahrene Musikerin ein?

— Damals habe ich das einfach hingenommen. Es war auf der einen Seite ganz normal und auf der anderen Seite von Anfang an sehr bereichernd. Erst später wurde mir bewusst, wie besonders und einzigartig diese Doppelleitung war. Aus meiner heutigen Sicht war das nicht nur eine mutige, sondern vor allem eine sehr erfolgreiche Kombination, die nur möglich war, weil die beiden sich über all die Jahre so gut verstanden und sich gegenseitig künstlerischen Freiraum ließen. Das ist bei zwei starken Musikerpersönlichkeiten sicherlich selten, aber in diesem Fall hat es funktioniert und wir als Mädchen haben davon unglaublich profitiert.

3. Was war Ihre wichtigste musikalische Erfahrung? Und an welche Erfahrung »fürs Leben« denken Sie – soweit man das überhaupt trennen kann?

— Da gibt es nicht die eine Erfahrung. Das Wort »Erfahrung« drückt ja schon aus, dass es sich dabei um einen Prozess handelt. Es sind die vielen Jahre, in denen ich im Mädchenchor lernen und dann auch mitgestalten konnte, die mich geprägt haben. Die unzähligen Proben, Konzerte, Aufnahmen und Reisen, sowohl als Sängerin als auch als Pianistin und Mitarbeiterin, haben mir einen riesigen Erfahrungsschatz mitgegeben, den man nicht auf einzelne Begebenheiten reduzieren kann. »Fürs Leben« habe ich viel mitgenommen, aber das Wichtigste ist wohl das Singen selbst. Es ist mir übrigens erst viele Jahre nach meiner Zeit im Mädchenchor klar geworden, wie wertvoll für mich das eigene Singen ist.

4. Ab wann haben Sie die Aufgabe der Klavierbegleiterin des Chors übernommen?

— *Im Alter von 16 Jahren (das muss 1987 gewesen sein) durfte ich bei einem kleinen Konzert außerhalb Hannovers zum ersten Mal den Klavierpart übernehmen. Zur gleichen Zeit begann ich, bei den regelmäßigen Workshops, später Rezitals, Sololieder zu begleiten. Ludwig Rutt und Gudrun Schröfel führten mich behutsam an diese Aufgaben heran. Zunächst gab es gleichzeitig noch die erfahrenen Klavierbegleiter wie Karl Bergemann oder Siegfried Strohbach, die bei den größeren Konzerten spielten. Ich wurde zunächst bei kleineren Auftritten eingesetzt, bis ich etwa drei bis vier Jahre später dann praktisch immer am Klavier saß und bei allen Auftritten und CD-Aufnahmen begleitete.*

5. Sicher war es bei dieser Aufgabe hilfreich, den Chor bereits über viele Jahre von »innen« als Chorsängerin zu kennen – welche musikalischen oder auch menschlichen Aspekte fallen Ihnen dazu ein?

— *Natürlich, das war ein riesiger Vorteil! Ich kannte ja die meisten Stücke vom Singen her, wusste, wie die Mädchen atmeten, kannte das Dirigat von Ludwig Rutt und Gudrun Schröfel und ihre manchmal unterschiedlichen Interpretationen der Stücke. So fiel es mir von Anfang an leicht, eine musikalische Einheit mit dem Chor zu bilden. Ich glaube, mehr als das Begleiten und sensible Mitgehen mit dem Chor musste ich lernen, am Instrument eine eigenständige Persönlichkeit zu werden, die musikalische Impulse gibt und einen Chor auch mal führen kann.*
Menschlich, würde ich sagen, war es ideal, beide Chorleiter schon so lange zu kennen. Wir waren uns persönlich sehr nahe und es ist immer von Vorteil, wenn man weiß, wie der andere tickt. Gerade mit Gudrun Schröfel gab es da einen total offenen Austausch und als ich erfahrener wurde, war unser Musizieren ein sehr intensives künstlerisches Miteinander.

6. Welche Bedeutung hatte Ihre Arbeit als Klavierbegleiterin beim Einstudieren von Auftragskompositionen?

— *Ich saß über Jahre in jeder Probe am Klavier und habe korrepetiert, aber auch Stimmproben geleitet. Insofern habe ich viele Stücke von der ersten Probe an mit einstudiert und kannte sie daher sehr gut, was dann auch für die Aufführungen half. Später, als ich nicht mehr in Hannover wohnte, kam ich nur noch projektweise zu Proben und Konzerten, da veränderte sich das natürlich. Es wurde dann auch eine Pianistin oder ein Pianist vor Ort gebraucht, wenn ich nicht da sein konnte, und so haben mit der Zeit Kolleginnen und Kollegen diese Aufgabe ganz hervorragend übernommen. Allerdings nie wieder jemand, der auch vorher im Chor gesungen hatte …*

7. Sie kommen aus einer sehr musikalischen Familie: Ihr Vater war Musikwissenschaftler und einer der ersten Knabenchorsänger, Ihre Mutter hat über Jahrzehnte die Vorklasse des Knabenchors geleitet. Insofern sind Sie ohnehin mit Musik aufgewachsen. Welche Rolle spielt in Ihrer musikalischen Entwicklung und Bildung der Mädchenchor Hannover?

— *Eine große. Es stimmt, dass ich in der Familie die ersten wichtigen musikalischen Grundlagen erlernt habe durch das häusliche Musizieren, Konzertbesuche und Gespräche über Musik. Mein Vater hat mich da enorm geprägt.*

Andrea Jantzen (geborene Schnaus) im Gespräch mit Gudrun Schröfel.

In Festtagsstimmung: der Mädchenchor vor dem Opernhaus Hannover anlässlich des 50-jährigen Chorjubiläums im Jahr 2002.

Als ich in den Mädchenchor kam, konnte ich schon sicher vom Blatt singen und lernte dementsprechend schnell. Alles, was mit der Entwicklung der Stimme zu tun hat, habe ich aber ausschließlich hier gelernt. Auch vieles, was ich über die Interpretation von Musikstücken im Mädchenchor gelernt habe, begleitet mich bis heute. So versuche ich z. B. meinen Klavierschülerinnen und Klavierschülern stets das Gesangliche in der Musik zu vermitteln und selber in meinem Spiel die Musik immer atmen zu lassen.

Als Berufsmusiker schaut man ja auf verschiedene Phasen in der Musikausbildung zurück und unterschiedliche Menschen haben große Anteile an der eigenen musikalischen Entwicklung. Das ist wie eine Vielzahl einzelner Bausteine, aus denen sich mein heutiges Verständnis für Musik, mein Musikerleben und meine Art zu spielen und zu unterrichten zusammensetzt. Der Baustein Mädchenchor ist dabei ein ganz wichtiger, den ich nicht missen möchte.

Vielen Dank für das Gespräch!

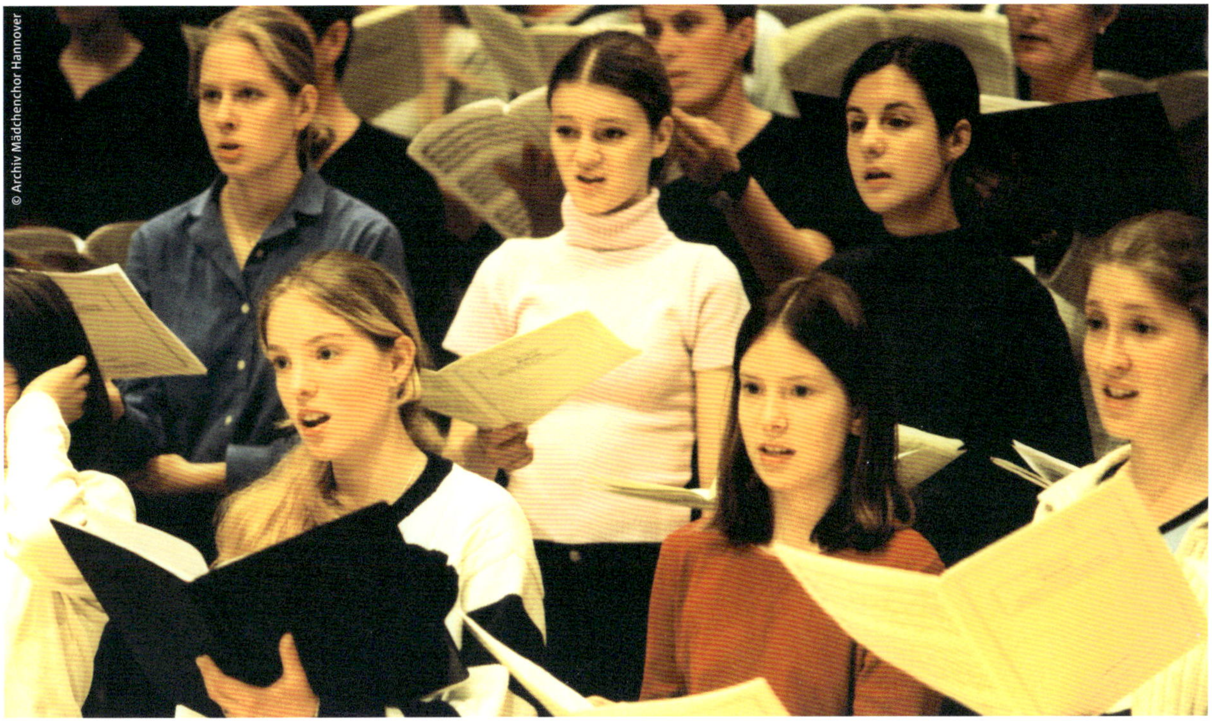

© Archiv Mädchenchor Hannover

Der Mädchenchor Hannover ist seit 2017 Botschafter der UNESCO City of Music.

© Anke Schröfel

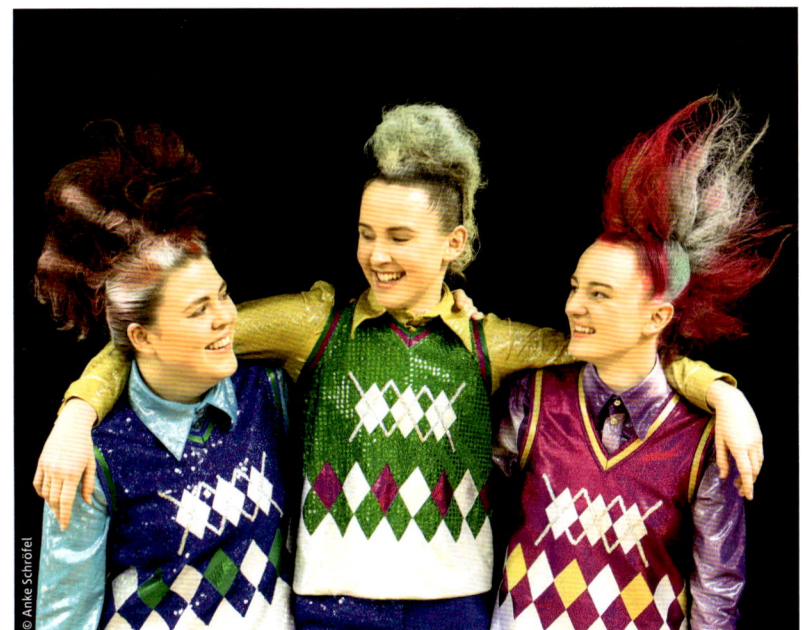

Anna Schote, Sophia von Drygalski und Imke Constapel in den Rollen der drei Knaben aus Mozarts »Zauberflöte«.

Der Mädchenchor Hannover als musikalischer Botschafter

Die Sängerinnen des Mädchenchor Hannover wirken über die Grenzen des Chors hinaus, sei es durch Konzerte in aller Welt, als Botschafterinnen der UNESCO City of Music oder auch mit dem Education-Programm, das 2006 gestartet wurde und bis 2019 lief. In diesem Programm wurden Kinder und Jugendliche aus Grundschulen, Realschulen und Gymnasien fürs Singen, für die aktive Auseinandersetzung mit Musik und das Musikhören in Konzerten begeistert.

Das Konzept des Education-Programms beruhte auf den positiven Erfahrungen, die die Chormitglieder auch intern machen. Im

»Nicht ganz unerheblich: Der Mädchenchor Hannover trägt zur Völkerverständigung bei. Es befinden sich zurzeit rund 20 Chorsängerinnen aus unterschiedlichsten Kulturen in unseren Reihen. Es ist eine Chor- und Singschule, in der das Verständnis für die Vielfalt der Kulturen gefördert wird und die jungen Menschen Musik in ihrer langen Tradition vermittelt und gleichzeitig die Neugier auf Neues fördert.«
Gudrun Schröfel

Konzertchor übernehmen erfahrene Chorsängerinnen seit Jahrzehnten Patenschaften für die neu hinzukommenden jüngeren Mädchen: Sie zeigen ihnen den richtigen Umgang mit den Noten wie beispielsweise Einzeichnungen während der Proben, weisen sie auf besondere Aspekte der Probendisziplin hin und sind auch Vertrauenspersonen für persönliche Anliegen. Davon haben beide Seiten etwas; die älteren Mädchen übernehmen Verantwortung und erleben dadurch ein persönliches Wachstum, die jüngeren Mädchen wissen sich gut aufgehoben und lernen schrittweise ohne hierarchischen Druck den Konzertchor kennen.

Dieses Modell der Patenschaften wurde im Education-Programm auf Kinder und Jugendliche an allgemeinbildenden Schulen übertragen. Fortgeschrittene Chormitglieder übernahmen Patenschaften in Grundschulen, Realschulen und Gymnasien. Gemeinsam gestaltete Konzerte zeigten, dass sich der Mädchenchor Hannover einer Basisarbeit auf hohem Niveau verpflichtet fühlt.

Seit vielen Jahren wird in Familien, Kindergärten und in Schulen kaum noch gesungen. So kommt dem Mädchenchor Hannover auch in dieser Hinsicht eine wichtige Bedeutung zu, nämlich Singen als natürlichen musikalischen Ausdruck zu fördern. Mit fortschreitendem Können werden die Mädchen auch in die künstlerische Arbeit eingeführt. Die einzelnen Ausbildungsphasen von der Vokalen Grundstufe bis zum Konzertchor sind identitätsbildend und schaffen ein großes Gemeinschaftsgefühl; auch das ist angesichts einer komplexen Gesellschaft von hoher Bedeutung. Im Jahr 2017 veranstaltete der Mädchenchor Hannover das Chorfest »Heimaten«; zu diesem Anlass gaben die Sängerinnen des Chors vielfältige Antworten auf die Frage: »Wo begegnet euch im Chor Heimat?«

»Der Mädchenchor ist wie eine große Familie für mich, in der ich so sein kann, wie ich bin. Der Chor hat mich geprägt, und ohne ihn wäre ich heute nicht der Mensch, der ich bin.«

»Der Chor gibt meinem Leben eine gewohnte Struktur, die mir Rückhalt gibt und an der ich mich festhalten kann. Der Chor macht mich zum Teil einer Gemeinschaft, in der ich mich verstanden und deshalb wohlfühlen kann.«

»Wenn man zum Chor geht, lässt man den Alltag für kurze Zeit hinter sich. Man widmet sich ganz allein der Musik und seinen Freunden. Das ist ein Gefühl des Ankommens, ein Gefühl von Heimat.«

»Zwar steht das Singen im Vordergrund, nicht zu vergessen sind aber die Freundschaften, die im Chor entstanden sind. Umgeben von vielen Freundinnen fühlt man sich geborgen und zu Hause.«

»Der Mädchenchor gehört für mich zu meinem Leben dazu.«

Frida Marlene Schmidt und Helena Simon im Neujahrskonzert 2019.

»Kultur ist kein Zeitvertreib – sie formt unsere Gesellschaft«

Dr. Dietrich Hoppenstedt

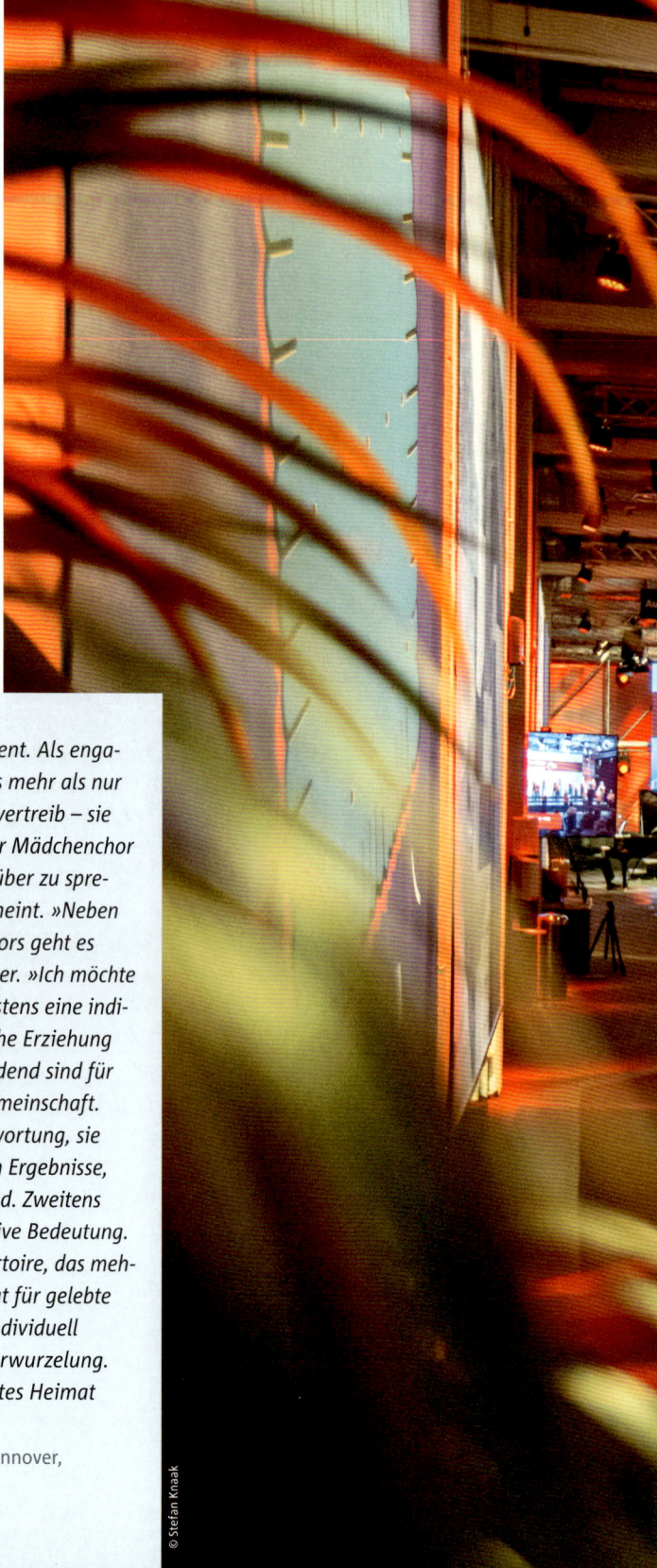

Dr. Hoppenstedt ist in seinem Element. Als engagierter Kulturförderer ist er weitaus mehr als nur ein Geldgeber: »Kultur ist kein Zeitvertreib – sie formt unsere Gesellschaft.« Und der Mädchenchor ist ein exzellentes Beispiel, um darüber zu sprechen, was Dr. Hoppenstedt damit meint. »Neben der künstlerischen Klasse dieses Chors geht es noch um etwas anderes«, überlegt er. »Ich möchte vor allem zwei Aspekte nennen. Erstens eine individuelle Dimension. Die musikalische Erziehung fördert Eigenschaften, die entscheidend sind für das Gelingen unserer gesamten Gemeinschaft. Die Mädchen übernehmen Verantwortung, sie lernen zu gestalten, und sie erleben Ergebnisse, die nur im Team zu produzieren sind. Zweitens gibt es darüber hinaus eine kollektive Bedeutung. Die Beschäftigung mit einem Repertoire, das mehrere Jahrhunderte überspannt, sorgt für gelebte Kontinuität. Das macht Tradition individuell erfahrbar und sorgt für geistige Verwurzelung. Hier wird im besten Sinne des Wortes Heimat hergestellt.«

Chormagazin des Mädchenchor Hannover, 2010; Heft 1, Seite 15

Chormädchen der Vokalen Grundstufe (oben) und des Nachwuchschors (unten).

Die Chorschule:
das sichere Fundament für den Konzertchor

Ausbildungsstufen im Mädchenchor Hannover

Wie aus Mädchenstimmen Mädchenchor-Stimmen werden	36
Unsere Zeit im Mädchenchor Hannover	45
Horizonterweiterung und musikalische Heimat	53

Die Sängerinnen im Konzertchor.

Wie aus Mädchenstimmen Mädchenchor-Stimmen werden

Die meisten Sängerinnen des Mädchenchor Hannover haben mindestens zwei, wenn nicht alle drei Ausbildungsstufen durchlaufen (oder besser: durchsungen), bevor sie in den Konzertchor aufgenommen werden. Ein Besuch in den drei Gruppen lässt hörend ahnen, wie viel gemeinsame kontinuierliche Arbeit, Geduld und Konzentration dafür notwendig sind. Ziel ist, jedem Mädchen das Selbstvertrauen und die Fähigkeit zu geben, die Anforderungen im Konzertchor erfüllen zu können.

Vokale Grundstufe und Vorklasse

Die Vokale Grundstufe ist die erste Ausbildungsstufe für Mädchen im Alter von sieben bis acht Jahren. Die kleine Gruppe von rund 15 Mädchen ist für ein Jahr zusammen: einmal wöchentlich am Mittwoch, jeweils eineinhalb Stunden. Sie lernen auf spielerische Weise den Umgang mit der eigenen Stimme, aber auch, aufeinander zu hören und einen gemeinsamen Klang zu formen. Seit vielen Jahren leitet Gabriele Schönwälder diese Gruppe, und zahllose Mädchen haben unter ihren kundigen Ohren und Anregungen ihre ersten Schritte im Mädchenchor gemacht.

Die Gruppe der Vorklasse hat bereits zweimal in der Woche Unterricht, nämlich am Mittwoch und am Samstag. Rund 25 Mädchen im Alter von acht bis neun Jahren üben konzentriert unter der Leitung von Swantje Bein im Turmzimmer in der Christuskirche. Der Raum ist erfüllt von p-t-k-Lauten: Lockerungsübungen zur Aktivierung der Bauchmuskulatur.

Zwei- bis dreistimmige Liedsätze sind in dieser Ausbildungsstufe das Ziel; außerdem kommt Musiktheorie hinzu, denn Sicherheit im Intervallsingen, Kontrolle der Intonation sowie das Bewusstsein für einfache rhythmische Strukturen bilden die Grundlage des Vom-Blatt-Singens. Diese Fähigkeiten werden später kontinuierlich im Nachwuchschor ausgebaut.

In der Vokalen Grundstufe lernen die Mädchen auf spielerische Weise.

»Es ist eine wunderbare Arbeit, die ›Rohdiamanten‹ zu begleiten und zum Glänzen zu bringen.« Swantje Bein

»Soll ich wirklich zusagen?
Traue ich mir das zu?«
Mein Werdegang als künstlerische
Lehrkraft im Mädchenchor Hannover

Es ist Anfang 1995, ich bin gerade 22 Jahre alt und am Ende meines siebten Semesters im Studiengang Musikerziehung, als mich Frau Schröfel, meine Professorin für Elementare Musikpädagogik, kurz vor meinen Abschlussprüfungen fragt, ob ich mir vorstellen könne, die Vorklasse des MCH zu leiten. Ich komme aus einer Musikerfamilie, habe seit den Kindertagen viel gesungen, auch in etlichen Chören, aber nie im Mädchenchor Hannover. Meine beste Freundin sang dort, und ehrlich gesagt fand ich es damals etwas befremdlich, wenn junge Mädchen mit Vibrato sangen. Heute nenne ich das Vibrato »Schwingung«, weil ich weiß, dass es nur entsteht, wenn eine Stimme gesund und frei klingt.

Und nun fragt mich also 1995 Frau Schröfel, ob ich ein Teil dieses Chors werden möchte, eines Chors, der zu den internationalen Spitzenchören gehört.

Jetzt schreiben wir das Jahr 2021, und ich bin Gudrun Schröfel (inzwischen duzen wir uns, obwohl es einige Zeit dauerte, bis ich von der Professorin über die Chorchefin zur Kollegin überwechseln konnte) sehr dankbar für ihr damaliges Angebot. Seit 26 Jahren bin ich nun künstlerische Leiterin der Vorklasse und sehe es als Privileg, den Mädchen die Begeisterung fürs Singen und die Musik näherzubringen. Es ist eine wunderbare Arbeit, die »Rohdiamanten«, die zu uns kommen, zu begleiten und zum Glänzen zu bringen.

Seit vielen Jahren eröffnen wir die Neujahrskonzerte des Mädchenchor Hannover im Opernhaus und singen in verschiedenen Besetzungen mit den anderen Chorgruppen. Dabei bringen wir neben traditioneller Kinderchorliteratur

Bei Gabriele Schönwälder (rechts) lernen die Mädchen der Vokalen Grundstufe ihre eigene Stimme kennen.

Nachwuchschorsängerinnen: mit dem Ziel vor Augen, bald im Konzertchor singen zu können.

auch eigene Arrangements in unterschiedlichen Inszenierungen auf die Bühne. Die Mädchen sind mit hoher Konzentration und Begeisterung bei der Sache, und das Publikum zollt ihnen dafür viel Beifall. Und wenn dann anschließend der Konzertchor singt, wandern meine Augen durch die Chorreihen, und ich stelle fest, dass etwa 90 Prozent dieser Mädchen auch durch meine Vorklasse gegangen sind – das erfüllt mich mit großer Freude und auch etwas Stolz.

Vielen Dank, Gudrun, dass du mir damals die Möglichkeit gegeben hast, diese wunderbare Chorwelt kennenzulernen. Vielen Dank, Gaby, Schorse, Julia und Andreas, für eure tolle und inspirierende Zusammenarbeit. Vielen Dank, euch Stimmbildnerinnen und Stimmbildnern, für eure großartige Unterstützung. Vielen Dank an das fleißige Büroteam, das uns immer den Rücken freihält. Und zu guter Letzt bin ich Ludwig Rutt sehr dankbar, dass er diesen Chor seit 1952 über 40 Jahre so unermüdlich geformt hat.

Vielen Dank, Mädchenchor Hannover!

Swantje Bein

Nachwuchschor

Die Sängerinnen im Nachwuchschor sind neun bis 14 Jahre alt. Diese Gruppe ist das wichtige Bindeglied zwischen Vokaler Grundstufe, Vorklasse und dem Leistungsstand, der für die Aufnahme in den Konzertchor erreicht sein muss. Im Regelfall singen die Mädchen zwei Jahre im Nachwuchschor, bevor sie in den Konzertchor aufgenommen werden. Das geht bei einigen Mädchen auch schneller, und nicht wenige bleiben auf eigenen Wunsch länger im Nachwuchschor, weil sie sich dort sehr wohlfühlen. Bis 2018 leitete Georg Schönwälder den Nachwuchschor; seither ist Julia Wolf mit dieser verantwortungsvollen Aufgabe betraut.

Schorse, wie ihn alle über Mädchenchor-Generationen hinweg nennen, sorgte für eine gute Mischung aus anspruchsvoller Arbeit und Entspannung, Disziplin und Spaß und vor allem dafür, dass die rund 45 Mädchen zunehmend Vertrauen in ihre eigene Stimme bekamen. Intensive Arbeit, zweimal in der Woche, jeweils zwei Stunden am Dienstag und am Samstag. 43 Jahre war Georg Schönwälder für diese Chorstufe zuständig: »Es ist einfach wunderbar zu erle-

Der Nachwuchschor ist das wichtige Bindeglied zwischen Vokaler Grundstufe, Vorklasse und dem Konzertchor.

ben, was daraus wird, wozu wir hier in den einzelnen Ausbildungsstufen den gemeinsamen Grundstein legen.« Anlässlich des 70-jährigen Bestehens des Mädchenchor Hannover schildern Georg und Gabriele Schönwälder ihre persönliche Sicht auf viele Jahre chorpädagogischer Arbeit.

»Fehlt Ihnen der Mädchenchor?« – Eine junge FFP2-maskierte Frau hinter einer Plexiglasscheibe stellte mir Dienstag nach Ostern 2021 diese Frage. Ich war gerade in einer riesigen Messehalle auf dem Weg zu meiner Erstimpfung gegen Covid-19, und sie sollte meine Personalien überprüfen. An diesem von Maskerade und Distanz geprägten Ort der Hoffnung auf einem Weg aus der alles lähmenden, leidvollen Pandemie erinnerten diese Worte – eigentlich völlig unpassend zur Situation – an eine Zeit, in der menschliche Nähe und Vertrautheit ein wesentlicher Bestandteil gemeinsamer und Gemeinschaft bildender Auseinandersetzung mit Musik und singender Stimme war. Die junge Frau gab sich als Ehemalige des Mädchenchors zu erkennen und hatte auch im Nachwuchschor unter meiner Leitung gesungen. Ein kurzes Gespräch mit ein paar Fragen und Antworten zur momentanen persönlichen Situation war möglich und reichte aus, meine pandemiebezogen sowieso schon positive Grundstimmung in Erwartung der ersten Spritze wohltuend zu bestärken.

Fehlt mir nun der Mädchenchor? – Nein! Wie heißt es so schön: Alles hat seine Zeit. Der Chor wird mir niemals fehlen, da er ein gewichtiger Bestandteil meines Lebens war und in meinen Erinnerungen fest verankert ist. So war die Frage natürlich nicht gemeint, dennoch ist es mir wichtig, sie zunächst einmal gerade so zu beantworten. Die vielen großartigen Erlebnisse im Zusammenhang mit Konzertauftritten in und um Hannover, in Deutschland und in zahlreichen Ländern dieser Welt, die Chorfreizeiten, die sich mit steigendem künstlerischen Anspruch zu Chorstudientagen entwickelt haben, vor allem aber immer wieder die wunderbare Gemeinschaft aller Chormitglieder, die sich beispielhaft und eindrucksvoll in hochkreativen Abschlussabenden der Studientage zunächst gefeiert und in intensiven Verabschiedungszeremonien bevorstehende Trennungen beweint hat, werde ich nicht vergessen. Diese Rituale hat auch die Dokumentation »Die Stimme der Mädchen« des NDR Fernsehens festgehalten.

Fehlt mir dann wenigstens der Nachwuchschor? – Nein!? Der Schlussstrich 2018 aus Altersgründen war lange so geplant, sozusagen eine Kopfsache. Das Herz ertrug es schwerer, war diese Ausbildungsstufe doch seit Gründung 1975 anlässlich einer Chorfreizeit in der Jugendherberge Wernershöhe bei Alfeld mein Chor. Diese erste echte Chorstufe im Mädchenchor sollte einerseits den Zuwachs an neuen Sängerinnen auffangen, um den Konzertchor zu entlasten, andererseits die Mädchen intensiver auf die wachsenden Aufgaben

> »Mein erstes Ziel war es immer, zunächst eine gute Probenstimmung zu erzeugen.« Georg Schönwälder

des Konzertchors vorbereiten. Ich bin sehr dankbar, dass Ludwig Rutt und Gudrun Schröfel mir damals das Vertrauen geschenkt haben, diese Aufgabe zu übernehmen.

Das ausgesprochen Reizvolle dieser Arbeit bestand und besteht darin, eine Gruppe von Mädchen im Alter zwischen zehn und 14 Jahren innerhalb eines Jahres zu einem einigermaßen homogen klingenden Kinderchor zu formen. Dass ich diese Aufgabe über vierzig Jahre jedes Jahr neu in Angriff nehmen würde, hätte ich mir damals nicht träumen lassen. Das spricht für die vielen großartigen Mädchen, die ich – immer wieder neu und jedes Mal anders – kennenlernen und künstlerisch betreuen durfte. Die Arbeit wurde nie langweilig, da man es mit musikalisch überdurchschnittlich, zum Teil hochbegabten und motivierten Kindern zu tun hat. Mögliche Schwierigkeiten in der Arbeit mit dieser Altersgruppe entstanden hin und wieder dadurch, dass die ältesten Mädchen, an denen sich die jüngeren verständlicherweise orientierten, pubertäre Verhaltensweisen in die Probenarbeit einbrachten, die die reine Chorarbeit, das Erlernen neuer Chorliteratur, das Stimmtraining, die Arbeit am Klang, nicht gerade erleichterten. Es war eine spannende Aufgabe, auch derartige Herausforderungen probenpädagogisch zu lösen.

Mein erstes Ziel war es immer, zunächst eine gute Probenstimmung zu erzeugen. Es durfte gelacht werden, und es wurde gelacht. Dann stand die Lust am Singen im Mittelpunkt: Singen im Tutti, in der Sologruppe, allein – Singen mit Begeisterung, mit Schwung, mit Bewegung, mit vielen Wiederholungen. Korrekturen von Fehlern, an der Intonation, am Klang wurden mit Augenmaß und viel Lob vorgenommen. Hatte der Chor erst einmal ein neues Stück begriffen, dann ging er auch eine intensive Arbeit an Details mit großem Einsatz mit.

43 Jahre großer Einsatz: Georg Schönwälder leitete den Nachwuchschor von 1975 – 2018.

Letztlich war es immer mein Bestreben, den Mädchen die Ausdruckskraft und Schönheit der Musik zu erschließen und ihnen zu vermitteln, mit welchen stimmlichen und chortechnischen Möglichkeiten der jeweils angestrebte Ausdruck erzielt werden kann. War diese durchaus anstrengende Arbeit erfolgreich, so entstand Freude bei allen Beteiligten, Freude an der Musik, Freude an der eigenen und der gemeinsam erbrachten Leistung. Die Reaktion »Noch mal!« war nicht selten Beleg dafür. Wenn dann das eben bearbeitete Liedgut nach Beendigung der Probe auch noch auf dem Weg nach draußen bis zum Empfang durch die schon wartenden Eltern weiter gesungen wurde, war das ein Zeichen für eine erfolgreiche Chorprobe. Diese Freude erlebe ich nun zwar nicht mehr, die vorhergehende Anstrengung bleibt mir dafür allerdings auch erspart.

Fehlt mir der Mädchenchor also wirklich nicht? – Nein, denn er ist als prägender Teil meiner Familie stets präsent. Schließlich haben meine beiden Töchter jeweils alle Stufen der Chorschule durchlaufen und bis zum Abitur im Konzertchor gesungen. Noch wichtiger aber ist, dass ich ohne meine Tätigkeit für diesen Chor meine Frau Gaby gar nicht erst kennengelernt hätte und damit meine Familie so nicht entstanden wäre. Durch sie bin ich auch nach wie vor über das aktuelle Chorgeschehen bestens informiert. Für die Darstellung ihrer »Chorkarriere« überlasse ich ihr jetzt die weiteren Zeilen.

Georg Schönwälder

Für die Sängerinnen des Nachwuchschors ist die Gemeinschaft in einer Gruppe Gleichgesinnter sehr wichtig.

Mit etwa zehn Jahren wurde ich in den Mädchenchor aufgenommen und sang dort bis zu meinem 23. Lebensjahr. Meine Lust am Singen fand hier im gemeinsamen Gesang von 60 bis 70 weiteren Mädchen und in der musikalischen Ausgestaltung kleinerer wie größerer Chorwerke eine wunderbare Intensivierung und Erfüllung. In dieser faszinierenden Chorgemeinschaft entstanden über viele Jahre enge Freundschaften, von denen auch heute noch einige gepflegt werden. Durch diesen intensiven Umgang mit Musik wuchs im Laufe der Jahre in mir der Wunsch, Musik zum Beruf zu machen und Schulmusik zu studieren. Dieser Wunsch wurde gefördert durch Möglichkeiten der musikalischen Mitarbeit. Bereits vor dem Abitur übernahm ich die Aufgabe, Mädchen aus der Vorklasse mit der Notenlehre vertraut zu machen. Auf Chorfreizeiten leitete ich bei Bedarf Proben mit Stimmgruppen oder übte Stellen eines Werkes mit Jüngeren noch mal intensiv. In den 80er Jahren, als ich mein Studium bereits begonnen hatte, teilte ich mir darüber hinaus die Leitung der Vorklasse mit Sus Beckedorf und später mit Anna Peters.

Aus schon länger geführten Überlegungen, noch jüngeren Mädchen eine chorische Grundausbildung als einjährigen Kurs anzubieten, entstand die Idee, eine weitere Chorstufe ins Leben zu rufen. Die Mädchen sollten spielerisch an das Singen im Chor herangeführt werden. Ludwig Rutt und Gudrun Schröfel fragten mich, ob ich mir die Leitung einer solchen Gruppe vorstellen könne. Sie legten auch die Unterrichtskonzeption in meine Hände und brachten mir damit sehr viel Vertrauen und Wertschätzung entgegen. 1987 war es dann so weit: In diesem Jahr wurden erstmals sieben- und achtjährige Mädchen in die sogenannte Vokale Grundstufe aufgenommen.

Mich erfüllt diese Aufgabe bis zum heutigen Zeitpunkt mit großer Freude, aber jedes Jahr auch immer mit ein bisschen Wehmut, wenn die Mädchen, die ich ein Jahr intensiv betreut, stimmlich geschult und dabei auch gut kennengelernt habe, diese Stufe verlassen, um künftig in der Vorklasse mitzusingen. Schon innerhalb dieses Jahres bildet sich eine erste kleine Chorgemeinschaft, die oft im Kern durch alle Stufen hinweg bis in den Konzertchor erhalten bleibt. Auch das in kindlicher Begeisterung gesungene Lied auf den Lippen nach Beendigung der Probe hat hier seinen Ursprung und setzt sich in den anderen Gruppen fort, wie mein Mann schon berichtet hat. Diese Lieder klingen in unseren Herzen wie im Treppenhaus nach …

Gabriele Schönwälder

Ein Chorklang, an dem viele Jahre gefeilt wird: Der Konzertchor ist die höchste Ausbildungsstufe.

Konzertchor

Gudrun Schröfel, die von 1978 bis 2019 den Konzertchor leitete – zunächst als zweite Dirigentin neben Ludwig Rutt und ab 1999 als künstlerische Leiterin –, hat so viele Mädchengenerationen im Konzertchor begleitet, dass sie die unterschiedlichsten Zeitströmungen, Moden und Teenie-Trends miterlebt hat. In der Summe aber eint alle über vierzig Jahre und mehr die Begeisterung für die Sache: gemeinsam auf höchstem Niveau zu singen.

Die langjährige künstlerische Leiterin und jetzige Ehrenchorleiterin blickt zurück:

Irgendwann sind sie im Konzertchor. Da geht's dann richtig los: Proben an vier- bis 16-stimmigen Chorwerken, ein buntes Stil- und Genregemisch anspruchsvoller polyphoner Chorwerke, a cappella, klavier- und ensemblebegleitet und häufig auch chorsinfonische Werke wie Brittens »War Requiem«, Mendelssohns »Sommernachtstraum«, Mahlers »Dritte Sinfonie«, zur Aufführung dann unter großartigen Orchesterdirigenten mit hervorragenden Orchestern.

Das lieben die Mädchen, da legen sie sich in der Vorbereitung ins Zeug, um dem hohen Anspruch der professionellen Musikerinnen und Musiker gerecht zu werden.

Das stachelt sie an, sie wollen genauso gut sein, und sie wissen, dass es sich lohnt. Ganz von selbst fügen sie sich in die Chordisziplin ein, vorbei die Unruhe, die Zwiegespräche mit der Freundin während der Probe. Ich muss nicht moti-

»Und Streiche gab es in Hülle und Fülle: Ich musste immer auf eine Überraschung gefasst sein.« Gudrun Schröfel

vieren, sie sind es durch die musikalische Arbeit. Die Gruppe vermittelt ihnen, dass es von nun an um Qualität, um Leistung geht. Sie sind immer da, sie sind konzentriert, es macht ihnen Freude zu musizieren, auch wenn sie zu Beginn etwa ob der Schwierigkeiten eines Auftragswerkes stöhnen und sich zunächst damit nicht anfreunden können. Zum Zeitpunkt der Uraufführung finden sie es längst gut, sind stolz, so manche zeitgenössische Komposition aus der Taufe gehoben zu haben.

Anspruch, Motivation für musikalische Spitzenleistungen und Lebensfreude

Besonders enthusiastisch erlebte ich sie, wenn die Komponisten in eine Probe kamen, ihnen zuhörten, sie lobten und weitere Wünsche für die Interpretation äußerten.

Die Anspannung entlädt sich in den Pausen, da wuselt es im Probenraum, als ob nicht hundert, sondern doppelt so viele Mädchen gleichzeitig reden. Ganz von selbst jedoch sind sie dann zur zweiten Probenhälfte wieder konzentriert.

Und die Konzerte vor fremdem Publikum!

Als Beispiel sei Japan genannt – alle Konzerte fanden in großartigen, voll besetzten Sälen statt, vor 2000 bis 3000 Zuhörerinnen und Zuhörern, faszinierend für einen deutschen Mädchenchor!

Die Suntory Hall war ein Riesenerlebnis und motivierte uns alle für ein Superkonzert.

Ganz besonders begrüßt wurde die Teilnahme an Wettbewerben. Seit Arezzo und dem Deutschen Chorwettbewerb in Köln waren wir verwöhnt und glaubten, nun gehe es mit den ersten Preisen so weiter.

Dann kam Marktoberdorf, der weltweit bekannte Kammerchorwettbewerb: eine absolute Herausforderung.

Für die Sängerinnen des Nachwuchs- und des Konzertchors sind die Chorstudientage im Kloster Frenswegen immer ein Höhepunkt im Jahr.

Es war schon ein großartiger Erfolg, aufgrund unserer eingereichten CD in die Reihe erlesener Kammer- und Frauenchöre eingeladen worden zu sein.

Angespannte Atmosphäre vor unserem Auftritt: Alle schauten sich das Stück noch mal intensiv an, erinnerten sich gegenseitig an bestimmte Interpretationsvorhaben. Absolute Stille im Vorbereitungsraum. Es sollte in dem auswendig vorgetragenen Programm nichts passieren, und ehrgeizig, wie wir waren, wollten wir auch hier unbedingt gewinnen. Im Konzert dann war zwar alles richtig, vielleicht sogar perfekt, aber es gelang uns nicht, locker und selbstverständlich zu musizieren, so wie wir es hundertmal getan hatten. Immerhin: Es reichte für den zweiten Platz, ein respektables Ergebnis in einem so hochkarätig besetzten Wettbewerb. Und beim Gewinn des Deutschen Chor-

Konzentration bei den Chorstudientagen im Kloster Frenswegen.

wettbewerbs in Varna oder in Kiel? Da trugen sie Herrn Rutt und später mich auf den Schultern, so euphorisch feierten sie ihre ersten Preise.

Auf unseren vielen Konzertreisen waren wir eine eingeschworene Gemeinschaft. Es ging oft sehr lustig zu: Schon auf den Busfahrten parodierten einige sehr kreative Mädchen aus dem Stegreif Chorerlebnisse in Versen. Da wurden natürlich besonders wir Dirigentinnen und Dirigenten durch den Kakao gezogen. Wir konterten aber mit »Gegengedichten«.

Immer wieder waren wir verblüfft, welche Talente sich über das Singen hinaus im Chor verbargen. Es gab eine Zeit, in der sich die Abschlussabende im Kloster Frenswegen als wahre Kleinkunstfestivals offenbarten: Da wurde neben Kammermusik und selbst erfundenen »Klostermärchen« komponiert, geschauspielert, getanzt, es wurden Sketche vorgetragen, manchmal zusammengebunden wie ein Musical.

Und Streiche gab es in Hülle und Fülle: Ich musste immer auf eine Überraschung gefasst sein. Wenn ich am letzten Tag in Frenswegen morgens aufstand, war mein erster Gedanke: Mit welchem Streich werden sie dich heute überraschen? Da war einmal mein Zimmer voller Luftballons, die mir bis zum Kinn gingen, ein anderes Mal war der Flügel in der Probenaula mit Packpapier komplett verpackt, dann kam während der Probe eine Stimme aus dem Flügel, die ständig dazwischenredete – sie hatten ein Handy im Flügel deponiert.

Natürlich gab es manchen »Zickenkrieg«, normal im Zusammenleben eines altersdurchmischten Mädchenchors, aber wenn es darauf ankam, Leistung zu bringen, das Publikum durch Ausstrahlung und Gestaltungsqualität zu begeistern, sprang ihnen die Freude am Musizieren in ihrer eingeschworenen Gemeinschaft geradezu aus dem Gesicht.

Das Zusammenleben dieser stets im Wandel begriffenen Chorgemeinschaft von jungen Mädchen und Frauen und das Leben mitten unter ihnen hat mein Leben ungemein bereichert.

Vielleicht, weil es eine gute Mischung aus ernsthafter Arbeit und lustvollem Erleben war?

Nun, vielleicht, weil der Chor durch Reisen, Konzerte, Wettbewerbe, CD-Aufnahmen und Festivalteilnahmen ein Hort menschlichen Gemeinschaftslebens war.

Ich danke den unzähligen Chormädchen, deren so vielfältige Lebenswege mich noch immer interessieren, von Herzen!

Gudrun Schröfel

Magdalena Huppertz und Lucia Ernst sprechen über ihre gemeinsame Zeit im Mädchenchor Hannover.

Unsere Zeit im Mädchenchor Hannover

Der Konzertchor ist die Kür. Hier entfalten sich die nun schon über Jahre bereits geschulten jungen Stimmen zu einem künstlerisch gestalteten Gesamtklang. Doch der Konzertchor stellt nicht nur musikalisch hohe Ansprüche an die Mädchen, sondern er nimmt auch in ihrer Persönlichkeitsentwicklung einen wichtigen Raum ein. Auf hohem Niveau zu musizieren und gleichzeitig an Selbstständigkeit und Verantwortungsbewusstsein zu gewinnen und im Teamgeist zu wachsen – dafür ist dieses Interview, das zwei ehemalige Chorsängerinnen untereinander führten, ein eindrucksvolles Beispiel.

Wir, Lucia Ernst und Magdalena Huppertz, haben uns für diesen Beitrag einige Fragen überlegt und sind über diese ins Gespräch gekommen. Wir reden über die Dinge, die uns in unserer Chorzeit am meisten geprägt und beschäftigt haben, und darüber, wie wir den Chor erlebt haben.

Lucia ist 22 Jahre alt und war von 2011 bis 2017 im Mädchenchor, nachdem sie zunächst in Kanada aufwuchs. Nach dem Abitur absolvierte sie einen Freiwilligendienst in Bolivien. Heute studiert sie Medizin in Leipzig.

Magdalena ist 21 Jahre alt und begann 2007 mit sechs Jahren im Mädchenchor zu singen. Sie übernahm in zwei Spielzeiten den dritten Knaben in der »Zauberflöte«, bis sie 2018 aus dem Chor austrat. Nach einigen Semestern des Philosophie- und Germanistikstudiums in Hannover studiert sie heute Design in Münster.

• **Inwiefern hat das Alter bei der Gruppendynamik eine Rolle gespielt?**

— *Magdalena:* Ich bin mit zehn Jahren in den Konzertchor gekommen, und zu dem Zeitpunkt waren die ältesten Mädchen um die 20. Die meisten Sängerinnen treten aus dem Chor aus, wenn sie mit der Schule fertig sind. Ich muss sagen, dass es für mich ziemlich wichtig war, so viel mit älteren Mädchen zu tun zu haben. Ich habe sehr zu ihnen aufgeschaut, manche

So fing es für sie an: Magdalena Huppertz (Vierte von links) in der Vokalen Grundstufe.

schon halb vergöttert. Außerdem kriegt jedes neue Mädchen im Konzertchor eine Chormutter zugeteilt, und diese war für mich auch eine wichtige Bezugsperson.
— **Lucia:** Eine Chormutter ist ein älteres Mädchen aus derselben Stimmgruppe, die für eine neue Sängerin im Chor verantwortlich ist. Kannst du kurz erklären, was die Aufgaben der Chormutter sind?
— **Magdalena:** Sie ist die direkte Ansprechpartnerin, man sitzt als Neue neben der Chormutter, sie guckt ein bisschen, dass man alles auf die Reihe bekommt –
— **Lucia:** – die Noten richtig hält, sich konzentriert, in der Probe nicht zu viel redet –
— **Magdalena:** – und sie gibt einem das Gefühl, jemanden zu haben, an den man sich wenden kann, wenn etwas ist. Mich hat das sehr geprägt. Ich glaube auch, dass es stark zur Disziplin beigetragen hat, eben nicht nur mit Leuten im eigenen Alter zusammen zu sein, sondern auch mit älteren, vor denen man sich beweisen wollte.
— **Lucia:** Was auf mich auch mehr als in der Schule einen Effekt hatte, war, dass man auch mit jüngeren oder älteren Menschen befreundet war und das Alter eigentlich gar nicht so eine große Rolle gespielt hat. Das hat man in der Schule nicht so wahrgenommen. In meiner Freundesgruppe im Chor waren es drei oder vier Jahre, die zwischen der Jüngsten und der Ältesten gelegen haben, und es hat auf freundschaftlicher Ebene überhaupt keine Rolle gespielt. Für mich war auch der ganze Prozess vom jüngeren zum älteren Chormitglied wichtig: Ich bin mit 13 Jahren in den Konzertchor gekommen und hatte noch gar keine Ahnung, wie alles funktioniert. Später habe ich dann selbst Verantwortung übernommen, ein Chorkind zugeteilt bekommen, und den jüngeren Mädchen durch die Proben geholfen. Der Chor war wie eine zweite Familie, in die man sich gut eingliedern konnte.
— **Magdalena:** Das wollte ich auch noch sagen: Wie schön es ist, in diesem Konstrukt jede Rolle mal einzunehmen. Dass ich am Anfang die Jüngere war, auf die aufgepasst wurde, und je älter ich wurde, desto mehr Verantwortung für die eigenen Chorkinder und die jüngere Chorgeneration habe ich übernommen. Später habe ich auch im Chorrat mitgewirkt – das ist eine demokratisch gewählte Gruppe von Mädchen aus dem Chor, die uns Sängerinnen bei wichtigen Entscheidungen vertritt. Das ist ein guter Austausch; all das, was man bekommt, gibt man in einer Weise wieder zurück.

— **Lucia:** Und man wächst mit seinen Aufgaben. Je mehr Verantwortung einem zugeteilt wird, desto mehr kann man auch übernehmen. Man merkt, wozu man fähig ist und wie viel es einem bedeutet, andere junge Mädchen für die Musik und für die Arbeit daran zu begeistern. Es ging um so viel mehr, als nur jede Woche zum Chor zu gehen und ein bisschen zu singen.

• Was hat für dich die Gemeinschaft, über die wir gerade schon gesprochen haben, ausgemacht?

— **Magdalena:** Der Chor gibt einem bereits durch die Aufnahmeprüfung und das gemeinsame Interesse an Musik ganz viele Gleichgesinnte, die gut zu einem passen und die man an anderen Orten nicht so einfach finden würde. Und trotzdem sind es natürlich total verschiedene Charaktere, aber man hat eine Leidenschaft für eine gemeinsame Sache. Das stellt eine super Grundlage dafür dar, Freundinnen fürs Leben zu finden.

— **Lucia:** Das hätte ich jetzt auch gesagt; dass sich alle so wohlgefühlt haben, weil das gleiche Interesse da war.

— **Magdalena:** In der Gemeinschaft beschäftigt man sich die ganze Zeit intensiv mit einer Sache und entscheidet sich dadurch automatisch gegen andere. Es ist schon ein »Commitment«, eine innere und äußere Verpflichtung, in diesem Chor zu singen. Man priorisiert das Singen – ein zeitaufwendiges Hobby wie ein Mannschaftssport funktioniert nicht so gut nebenbei. Man sagt auch Jahr für Jahr jeden Kindergeburtstag an einem Samstag ab, weil man da Probe hat. Diese »Opfer« gemeinsam zu erbringen, das schweißt einen ganz schön zusammen.

— **Lucia:** Man entscheidet sich aktiv für den Chor. Deswegen habe ich meine Chorfreundschaften oft intensiver wahrgenommen als andere. Die gemeinsame Zeit und die vielen gemeinsamen Erlebnisse haben uns auf einem ganz anderen Level verbunden. Die Regelmäßigkeit der Proben und der Konzerte haben für mich auch das Gefühl ausgemacht, dass in dieser Gemeinschaft immer eine Person da ist, an die ich mich wenden kann.

• Wie hast du die Konzerte wahrgenommen? Und sind sie für dich jemals zur Routine geworden?

— **Magdalena:** Ich war nicht mehr vor jedem Konzert nervös, also würde ich sagen, dass ich mich in einer gewissen Weise schon daran gewöhnt habe, so oft aufzutreten und auf einer Bühne zu stehen. Richtig aufgeregt war ich nur, wenn ich die Töne angeben musste, wenn ich ein Solo hatte oder beim Bühnenaufgang die Reihe anführen musste. Manche Konzerte hatten für mich aber einen besonders hohen Stellenwert: Das Weihnachtskonzert hatte eine tolle Atmosphäre und seine eigene Chortradition. Ähnlich war es beim Neujahrskonzert oder der »Night of the Proms«.

Vor Konzerten ist man mit den anderen Mädchen in einen gemeinsamen Rhythmus verfallen, es lag eine freudige Anspannung in der Luft, manche haben sich geschminkt, wir sollten kurz vorher nichts mehr essen, um das Einsingen nicht

Der Mädchenchor Hannover 2015
bei der CD-Aufnahme zu »Children's Crusade«
von Benjamin Britten.

zu ruinieren, mussten uns die Reihenfolge der Noten zurechtlegen und hatten sie im besten Fall auch alle dabei.
— *Lucia:* Ich fand auch, dass direkt vor dem Konzert eine fast greifbare Spannung da war. Ich denke zum Beispiel daran zurück, wie wir vor dem Neujahrskonzert in der Oper hinter der Bühne im Dunkeln standen und schon die Zuschauerinnen und Zuschauer gehört haben. Wir durften also höchstens noch im Flüsterton reden ... Es war eine gewisse Routine vorhanden, weil wir einfach so häufig Konzerte hatten. Trotzdem gab es immer etwas Neues, weil wir so unterschiedliche Stücke gesungen haben und sich immer wieder die Besetzung der Solistinnen geändert hat. Ich habe zumindest bei den Soli immer viel mitgefiebert, weil man in den Proben mitbekommen hat, welche Stellen für bestimmte Solistinnen schwierig sind. Im Konzert habe ich dann mental die Daumen gedrückt. Ich war insgesamt immer ein bisschen angespannt bei den Konzerten und es war für mich nie normal, auf der Bühne zu stehen.

• **Wie hast du die Erfahrungen des Chors im Ausland wahrgenommen? Es gab in den schulischen Herbstferien eine Konzertreise ins Ausland, manchmal auch welche innerhalb des Jahres – wie war das für dich?**

— *Lucia:* Es war anders als sämtliche Auslandsaufenthalte, die ich sonst hatte. Der Konzertalltag und der Reisestress waren verbunden mit der Freude an den Konzerten und dem Entdecken neuer Städte. Wir haben in der kurzen Zeit viel von den Ländern gesehen, obwohl wir immer recht beschäftigt waren. Ich hatte auch das Gefühl, dass man die Kultur des anderen Landes erstaunlich gut mitbekommen hat. Ich war mit in England, Italien und China – du warst ja mit dem Chor noch in anderen Ländern, in denen man auch in Gastfamilien gewohnt hat. Das habe ich leider nicht miterlebt. Aber allein durch das Essen oder die Zusammenarbeit mit anderen Chören vor Ort war ein kultureller Austausch gegeben. Der Spaß an der Reise verbunden mit der Professionalität der Konzerte – das habe ich als sehr bereichernd wahrgenommen.
— *Magdalena:* Ja, mir geht es genauso. Für mich war es sehr besonders und eine große kulturelle Bereicherung, so jung in so viele verschiedene Länder reisen zu können. Ich war auch noch bei Reisen in die USA, nach Slowenien und in die Schweiz dabei und habe dort nur gute Erfahrungen mit Gastfamilien gemacht. Mir ist immer wieder klar geworden, auf was für einem hohen Niveau der Chor musiziert, wenn wir ins Ausland gereist sind und dort Leute tatsächlich zu den Konzerten gegangen sind.
— *Lucia:* Je mehr Reisen man mitgemacht hat, desto mehr wurde man außerdem als »Ältere« wahrgenommen, musste auf andere achten und Verantwortung übernehmen.
— *Magdalena:* Ich finde auch, dass man ein erstaunliches Verantwortungsgefühl entwickelt hat. Es musste einfach klappen, dass alle Personen zusammenbleiben und man zu vereinbarten Uhrzeiten da war. Alle haben aufeinander geachtet, und selbst die jungen Mädchen konnten sich disziplinieren.
— *Lucia:* Ich weiß noch, wie meine beiden Zimmergenossinnen und ich in Venedig einmal komplett verschlafen haben! Wir sollten um halb zehn am Bus sein und sind zehn Minuten vorher aufgewacht (lacht). Wir hatten noch nicht gepackt und waren im Endeffekt nur fünf Minuten zu spät – wir haben also innerhalb einer Viertelstunde unser Zimmer aufgeräumt,

In Venedig waren Lucia Ernst und Magdalena Huppertz auf Chorreise.

alle Sachen eingepackt, im Vorbeigehen ein Croissant vom Büfett genommen, und sind in den Bus gestiegen. Wir waren zwar noch ziemlich perplex, haben es aber geschafft.

• **Warum war die Chorfreizeit in Frenswegen das Highlight des gesamten Jahres?**

— **Magdalena:** Ich schätze, da spreche ich nicht nur für mich, sondern für viele aus dem Chor, aber ich habe mich immer schon Monate vorher darauf gefreut, nach Frenswegen zu fahren. Man lebt über eine Woche auf engstem Raum mit seinen besten Freundinnen. Es gibt einen intensiven sozialen Austausch und alle arbeiten an einem anspruchsvollen Projekt, sodass man schon fast eine Art Internatsgefühl bekommt. Es macht Spaß, sich so fundiert mit den Musikstücken auseinanderzusetzen. Das Ganze endete mit dem Abschlussabend, an dem alle zusammen kreativ geworden sind.
— **Lucia:** Du bist ja gerade auf die Musik eingegangen: Ich fand auch, dass man den Fortschritt in dieser Zeitspanne extrem gemerkt hat. Die jüngeren Mädchen sind immer mehr ein Teil der Chorgemeinschaft geworden und wurden besser integriert. Für mich war es persönlich auch wichtig, mit nach Frenswegen zu fahren, um richtig in der Gruppe anzukommen.
— **Magdalena:** Ich denke auch, dass das den Zusammenhalt stark gefestigt hat. Diese intensive Probenarbeit ist gerade dadurch möglich, dass man beide Faktoren hat: nicht nur die harte Arbeit, sondern auch den Ausgleich in der Freizeit.
— **Lucia:** Außerdem hatten wir auch die Möglichkeit, die in Hannover wöchentlich stattfindende Stimmbildung noch mehr wahrzunehmen und so den Einzelunterricht an der Stimme zu vertiefen. In Frenswegen wurden Soli, Duette und Terzette perfektioniert.

• **Welche kleinen Momente aus dem Chor sind dir besonders in Erinnerung geblieben?**

— **Lucia:** Es gab viele lustige Momente. Mir fällt als Erstes ein, wie Frau Schröfel, wenn sie Töne bei Konzerten angegeben hat, die Stimmgabel immer an ihrem Kopf angehauen hat *(beide lachen)*. Und wie sie einmal bei einem Solo, als der Einsatz von der Solistin verpasst wurde, im Weihnachtskonzert das Solo gesungen hat, bis die Solistin eingesetzt hat … ich konnte nicht mehr *(beide lachen)*. Aber man muss im Konzert ja ernst bleiben.
— **Magdalena:** Ich kann mich auch noch an ein paar Stressmomente von mir erinnern. Ich war immer sehr gut darin, alles zu überdenken und dann eine Nacht vorher Panik zu schieben. Vor meinem allerersten Neujahrskonzert im Opernhaus, das war noch im Nachwuchschor, hatte ich in der Nacht davor einen halben Nervenzusammenbruch, weil ich nicht wusste, wie wir genau auf die Bühne gehen werden. Ich hatte Angst, dass ich in der falschen Reihe aufgehe und bin komplett ausgetickt *(lacht)*.

— **Lucia:** Apropos in der falschen Reihe aufgehen: Ich erinnere mich daran, wie wir vor jedem Weihnachtskonzert in der Marktkirche gesagt bekommen haben: »Passt auf, dass ihr nicht in der falschen Reihe anfangt, damit nicht alle eine Stufe nach unten gehen müssen!« Und jedes Jahr ist die letzte Reihe konsequent eine Stufe zu hoch aufgegangen und wir sind dann alle – 100 Leute auf einmal – eine Stufe nach unten gegangen … natürlich mit einem Riesenlärm, der dann in der ganzen Marktkirche widergehallt hat.

• Was hast du aus dem Chor mitgenommen?

— **Lucia:** Zuallererst würde ich sagen, man nimmt eine sehr große Liebe zur Musik mit. Und man lernt, sich zu disziplinieren: Es ist ein Zusammenspiel aus Spaß und Konzentration.
— **Magdalena:** Ja, genau. Ich nehme für mich mit, wie man zielstrebig über eine sehr lange Zeit an einem Projekt arbeitet, ohne abzubrechen. Das spiegelt sich noch immer in meiner Arbeitsweise wider. Außerdem hat es uns allen gutgetan, immer mehr in Selbstständigkeit und Eigenverantwortung hineinzuwachsen, indem wir mehr Aufgaben innerhalb des Chors übernommen haben, zum Beispiel die Betreuung der jüngeren Mädchen oder organisatorische Projekte im Chorrat. Kulturell habe ich auch durch die Reisen viel mitgenommen. Die Erinnerungen bleiben natürlich auch.
— **Lucia:** Man hat ein ganz anderes Verhältnis zu den Chorleitenden, als man zu einer anderen Autoritätsperson jemals hatte. Es ist eine Mischung aus Respekt und Wertschätzung, aber gleichzeitig auch Vertrauen.
— **Magdalena:** Ja, stimmt. Insofern hat man auch einfach einen total angenehmen sozialen Umgang miteinander erlernt – wie man als Gemeinschaft funktioniert und zusammen klarkommt.

— **Lucia:** Es war für mich eine sehr angenehme Erfahrung, mich in diese Gruppe einzufinden. Man investiert viel Zeit und auch Energie, bekommt aber auch unglaublich viel zurück.

• Welche Rolle spielt die Chorzeit und die Musik in deinem Leben heute?

— **Magdalena:** Der Stellenwert, den die Musik in meinem Leben einnimmt, hat sich nach der Chorzeit nicht wirklich verändert, auch wenn ich momentan nicht so viel eigene Musik machen kann. Besonders in der Corona-Zeit ist es natürlich schwierig, in einer großen Gruppe zu musizieren. Ich wertschätze die Stücke und die musikalische Arbeit anderer immer noch sehr, und wenn ich die Stücke aus der Chorzeit wieder höre, bin ich total nostalgisch. Geblieben ist der Wunsch,

Der Konzertchor (2016) vor dem Eingang des Klosters Frenswegen.

mich in irgendeiner Weise kreativ auszuleben, was ich nun – ganz anders als im Chor – im Rahmen meines Designstudiums mache. Auch die Stimme, die man über so viele Jahre ausgebildet hat, und die Musikalität bleiben einem erhalten. Ich denke, dass die Chorerfahrung immer ein Teil von uns bleibt, auch wenn wir uns nun intensiver mit anderen Dingen beschäftigen.

— *Lucia:* Das Musizieren in der Gruppe, besonders das Singen in der Gruppe, wird mir immer Spaß machen – allerdings nur auf hohem Niveau. Ich bin beispielsweise auch nicht in den Unichor eingetreten, weil ich die Professionalität dahinter vermisst hätte. Ich wohne inzwischen in Leipzig und studiere Medizin, was absolut nichts mit Musik zu tun hat. Ich habe mich aber unter anderem für Leipzig entschieden, weil es dort eine sehr große musikalische Szene und viele kulturelle Angebote gibt. Allein wenn ich samstags den Thomanerchor in einer Motette hören kann, ist das eine große Bereicherung. Diese Wertschätzung wäre vermutlich ohne den Chor nicht so ausgeprägt gewesen.

— *Magdalena:* Ich glaube auch, dass uns die Chorzeit und die Erlebnisse von damals als Menschen beeinflusst haben. Ich habe mich sehr lange über den Chor definiert. Auch dass ich mit den Freundinnen aus der Chorzeit immer noch so eng verbunden bin, zeigt, wie wohl ich mich gefühlt habe. Der Austausch ist bis heute intensiv.

— *Lucia:* Ich denke immer noch sehr gerne an die Chorzeit zurück und wünsche mir, dass es nach dem Ende der Corona-Pandemie für den Chor »normal« weitergehen kann, damit die heutigen Mitglieder ähnliche Erfahrungen machen können wie wir.

Arbeit am Klang: Intensives Einsingen und Einzelstimmbildung sind enorm wichtig.

Chorisches Einsingen und Solostimmbildung: Was ist das Besondere daran?

Ein wichtiger Bestandteil der Arbeit im Konzertchor ist die Einzelstimmbildung. Sie wird von erfahrenen Stimmbildnerinnen und Sängerinnen gelehrt, die teilweise selbst im Mädchenchor Hannover gesungen haben. Daher sind sie mit den Anforderungen und dem Klangideal des Chors sehr vertraut. Auch Gudrun Schröfel erteilt Unterricht in Einzelstimmbildung; für viele professionelle Sängerinnen, die aus dem Mädchenchor Hannover hervorgegangen sind, war der Unterricht bei Gudrun Schröfel der erste Gesangsunterricht und prägend für die spätere Berufswahl.

Sophia Sievers und Marie Falldorf, zwei derzeit aktive Mädchenchor-Sängerinnen, schildern, was die Einzelstimmbildung für den Konzertchor bedeutet.

— **Sophia:** *Wenn sich jeder durch den Einzelunterricht weiterentwickeln kann, wird auch die Qualität des gemeinsamen Singens gesteigert. Aus vielen unterschiedlichen Stimmen entsteht ein großer Gesamtklang, der auf jeder einzelnen Sängerin aufbaut. Dafür legen wir in der Stimmbildung die Grundlage.*

— **Marie:** *Für mich ist vor allem die präzise Arbeit an den verschiedenen Stücken besonders. Im Vergleich zum Einsingen mit dem ganzen Chor finden die Stimmbilderinnen, in meinem Fall Frau Schröfel, in der Stimmbildung die richtigen Übungen, um die Stimme zur bestmöglichen Leistung zu bringen. In einer Mischung von Stimmtechnik und musikalischer Gestaltung entsteht in geduldigem Üben ein produktives Miteinander.*

— **Sophia:** *Die Offenheit, Sololieder, Duette und Terzette zu erarbeiten, finde ich toll. Vor allem bei den gemeinsamen Proben entstehen immer wieder neue Freundschaften, und man lernt voneinander. Da Frau Schröfel genau weiß, welche Stimmen miteinander harmonieren, macht sie viele Vorschläge; wir können aber auch unsere eigenen Wünsche einbringen.*

Anna Schote (Dritte von links) nach ihrem Solo mit dem Mädchenchor Hannover in der Elbphilharmonie (2019).

Horizonterweiterung und musikalische Heimat

Wenn sich Sängerinnen aus dem Konzertchor entschließen, Singen zum Beruf zu machen, dann ist der nächste wichtige Schritt, für welche Gesangslehrerin sie sich entscheiden und damit auch, für welche Musikhochschule. Anna Schote, die die Aufnahmeprüfung an der Hochschule für Musik in Freiburg bestanden hat und seit dem Wintersemester 2021 bei Professorin Mareike Morr studiert, schildert ihre Gedanken.

Als ich vor Kurzem einen schriftlichen Lebenslauf für meine Aufnahmeprüfung in Gesang an der Hochschule für Musik Freiburg erstellt habe, ist mir noch einmal bewusst geworden, welche große Bedeutung die Musik im Allgemeinen und der Mädchenchor im Besonderen für mich haben: Musik und Gesang sind mein Leben.

Seit ich mich erinnern kann, ist Singen und Musizieren mit anderen Menschen meine Leidenschaft. Aber ob ich heute dort stehen würde, wo ich jetzt bin, wenn ich mit acht Jahren

> »Schließlich wurde ich in den erlesenen Kreis der Stimmbildnerinnen und Stimmbildner aufgenommen und durfte selbst mit den jungen Talenten arbeiten. Die Krönung für mich ist, dass ich als Professorin nun zwei Ehemalige weiter auf ihrem Weg begleiten darf, und ich hoffe auf viele weitere Damen!«
> Mareike Morr,
> Professorin an der Hochschule für Musik Freiburg

53

nicht in den Mädchenchor Hannover aufgenommen worden wäre? Ich glaube es kaum. In diesem geschützten Rahmen konnte ich mich entfalten, meine Stimme entdecken, Selbstvertrauen gewinnen und Freundschaften fürs Leben schließen. Unvergessen, wie wir schon als kleine Sängerinnen »Es führt über den Main« in einem dreistimmigen Satz von Felicitas Kukuck sangen. Noch heute singe ich dieses und noch viele weitere Lieder mit meinen Chorfreundinnen von damals.

Mit der Aufnahme in den Konzertchor wurden die Proben anspruchsvoller und arbeitsintensiver, aber sie haben meinen musikalischen und persönlichen Horizont ausgesprochen erweitert. Ich denke da an Konzertreisen in die ganze Welt, an die Begegnungen mit vielen internationalen Chören und Ensembles, an zahlreiche Uraufführungen ganz besonderer Werke, aber auch an die zugleich anstrengenden und beglückenden Chorstudientage in Frenswegen. Seit meinem 14. Lebensjahr erhielt ich Einzelstimmbildung bei Frau Schröfel. Auch wenn das Proben kleiner musikalischer Phrasen manchmal sehr fordernd war, legte diese intensive Arbeit den Grundstein für meinen Werdegang. Immer wieder durfte ich Solopartien bei Chorkonzerten übernehmen oder den ersten Knaben in der »Zauberflöte« in der Staatsoper Hannover singen. Mit 18 Jahren nahm ich, mit Unterstützung von Frau Schröfel, am Bundeswettbewerb »Jugend musiziert« in der Kategorie »Gesangsduo« erfolgreich teil und bewarb mich ein Jahr später auf ihre Initiative hin beim neu gegründeten Bundesjugendchor. Über die Aufnahme habe ich mich sehr gefreut, weil meine Zeit beim Mädchenchor nun mal begrenzt ist und ich so eine neue Chorperspektive habe. Die kontinuierliche und individuelle Förderung hat mich darin bestärkt, mich für einen Studienplatz im Fach Operngesang zu bewerben. Gesang und Musik werden weiterhin mein Leben bereichern.

Obwohl es mir persönlich in dieser Zeit nicht gut ging, haben mich die Musik und auch die Menschen, die ich in dieser Gemeinschaft kennenlernen durfte, stets durch diese schweren Zeiten getragen.

Anna Schote

»Durch ihre altersgerechte und fundierte Stimmbildung hat Gudrun Schröfel die jungen Sängerinnen vor Überlastung, die in dem Bereich von Kinder- und Jugendchören leider keine Seltenheit ist, bewahrt und konsequent die Grundlagen gesunden Singens vermittelt.«

KS Christiane Iven,
Professorin an der Hochschule
für Musik und Theater
München

Nachwuchsarbeit ist immer auch ein Abschiednehmen. Das gilt für beide Seiten: Für die Mädchen, die von einer Ausbildungsstufe in die nächsthöhere wechseln, verändern sich die Gruppe und die Bezugspersonen, für die Chorleiterinnen und Chorleiter heißt es nahezu jährlich, zahlreichen Mädchen zum Abschied alles Gute zu wünschen. Und wer dann aus dem Konzertchor ausscheidet, um ins Studium und ins Berufsleben zu wechseln, für sie alle bedeutet es, eine Gemeinschaft zu verlassen, der sie oft länger als die Hälfte ihres noch jungen Lebens angehört haben: den Mikrokosmos Mädchenchor Hannover.

Der Konzertchor des Mädchenchors im Oktober 2021.

3

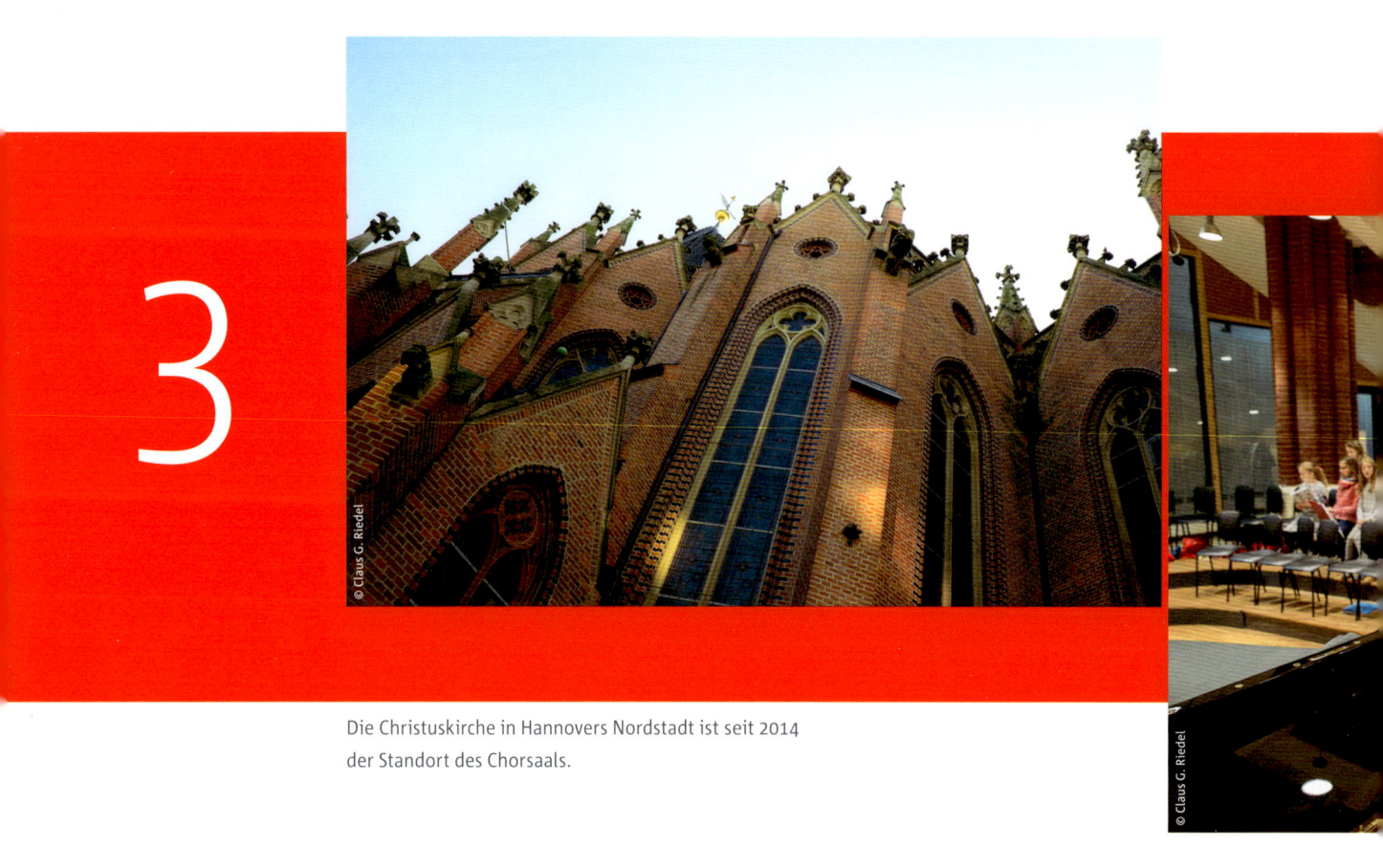

Die Christuskirche in Hannovers Nordstadt ist seit 2014 der Standort des Chorsaals.

Im Klang zu Hause

Der neue Chorsaal in der Christuskirche

Endlich ein passender Probenraum	58
Blick zurück	58
Eine spannende Herausforderung für Architektinnen und Architekten	63
Der neue Chorsaal – aus der Sicht des Akustikers	63

Georg Schönwälder probt mit dem Nachwuchschor im neuen Chorsaal.

Endlich ein passender Probenraum

Wenn man am Samstagnachmittag gegen 14.30 Uhr in die Linie 6 Richtung Nordhafen einsteigt, könnte es sein, dass einem ziemlich viel Rot ins Auge fällt: rote Taschen, rote Stoffbeutel und rote Sweatpullis, alle mit der Aufschrift »Mädchenchor Hannover«. Die Samstagsprobe des Konzertchors beginnt um 15 Uhr, und seit 2014 ist das Chorhaus in der Christuskirche der Probenort für die jungen Sängerinnen. Daher gibt es kurz vorher eine Konzentration der Farbe Rot in der Straßenbahn, denn viele der Mädchen tragen stolz die Accessoires, wenn sie zur Probe fahren. An der Haltestelle Christuskirche drängt dann ein roter Farbtupfer nach dem anderen die Treppen hoch in Richtung Kirchenportal, wo bereits weitere Mädchenchor-Sängerinnen warten. Sie fallen einander um den Hals, begrüßen sich herzlich, als hätten sie sich monatelang nicht gesehen. Der Zusammenhalt untereinander ist groß, die meisten haben im Chor ihre besten Freundinnen gefunden.

Da es an diesem Herbstnachmittag ungemütlich nasskalt ist, zieht es die Mädchen schnell ins Kirchengebäude, noch durch zwei schwere Glastüren hindurch und einen langen Gang entlang durchs Seitenschiff. Auf der rechten Seite liegt ihr Chorsaal. »Es ist einfach ein anderes Gefühl, hierherzukommen als früher, als wir noch in der Aula des KWR geprobt haben, weil wir wissen: Das ist unser Raum, auf den wir so lange gewartet haben!«, sagt Marilena Begemann, die im ersten Alt singt, und Sina Günther aus dem ersten Sopran spricht aus, was so wohl ganz viele ihrer Chorschwestern empfinden: »Es ist hier privater, wir fühlen uns hier zu Hause!« Der helle Saal ist eine Art Gebäude in einem anderen Gebäude, eben in der neogotischen Christuskirche. Sie umgibt geradezu schützend den Chorsaal, verleiht Würde durch die Säulen des Kirchenschiffs, die in den Raum integriert sind, und vermittelt gleichzeitig Geborgenheit.

Wenn die Sängerinnen den Raum betreten, empfängt sie eine freundliche Arbeitsatmosphäre, die von hellem Holz und Glas ausgeht. »Da es unser eigener Raum ist, müssen wir nicht wie früher Stühle hinstellen und im Anschluss wieder wegräumen.« Marilena Begemann verweist damit auf einen Punkt, der außerordentlich wichtig ist: Die Tatsache, dass die Rahmenbedingungen für konzentrierte Probenarbeit einfach da sind und man sie nicht erst schaffen muss, ist sehr entlastend. Es ist jetzt wenige Minuten vor 15 Uhr. Im Chorsaal, der eine hochsensible Akustik hat, klingen Stimmen und Gelächter durcheinander, viele Mädchen treffen jetzt erst ein, begrü-

Blick zurück

Vor fünf Jahren gab es aus Anlass des 65-jährigen Bestehens ein Mädchenchor-Journal, in dem auch das neue Proben- und Konzertdomizil vorgestellt wurde: das Chorhaus in der Christuskirche. Es wurde 2014, nach langen Jahren der Finanzierung mit Spendenaktionen, Fundraising und Sponsoring, festlich eingeweiht. Die Chorleiterin Gudrun Schröfel hatte unermüdlich um jeden Euro gekämpft, mit dem Chor Baustellenkonzerte veranstaltet, Mitstreiterinnen und Mitstreiter hatten Marketingaktionen entwickelt: Stifter-Tafeln und Schmuckanhänger waren besonders gewinnbringend.

Seit mehr als sieben Jahren, die der Mädchenchor nun sein Zuhause in der Nordstadt hat, ist es noch immer ein kleines Wunder, dass damals am Ende alles klappte. Daher blicken wir in diesem Buch noch einmal zurück, auch mit der Hoffnung, dass ein normaler Probenbetrieb, wie er im folgenden Text aus dem Jahr 2016 beschrieben wird, bald wieder uneingeschränkt möglich ist.

»Das ist unser Raum, auf den wir so lange gewartet haben!« Marilena Begemann,
Chorsängerin im ersten Alt

»Es ist hier privater, wir fühlen uns hier zu Hause!« *Sina Günther, Chorsängerin aus dem ersten Sopran*

ßen die anderen, die schwere Glastür fällt mehrfach mit einem markanten Geräusch zu. Dass die Chorleiterin Gudrun Schröfel vorn bereits Noten ordnet und immer mal wieder einen erwartungsvollen Blick in das muntere Getümmel wirft, scheint niemand zu bemerken – und dann doch: Es wird um 14.59 Uhr merklich leiser. Die Chorleiterin erwähnt lobend und mit einem Augenzwinkern, dass es ruhiger werde, ohne dass sie etwas dafür tun müsse. Die Mädchen suchen ihre Plätze auf, die langen Stuhlreihen stehen auf breiten Stufen angeordnet, fünf Reihen hintereinander. Körperübungen, Einsingen – im Raum verbreitet sich eine konzentrierte Stimmung. Dann beginnt Gudrun Schröfel, Stücke für das große Weihnachtskonzert zu proben.

An der Decke des Raumes hängen helle Holzsegel. Auch die Stirnseite ist über die gesamte Breite mit hellem Holz verschalt, ein Vorhang aus dichtem Stoff kann bei Bedarf davor gezogen werden. Der Raum ist an den beiden Längsseiten verglast – aber auf eine ganz besondere Art, nämlich mit Lamellen aus Glas, einer Jalousie ähnlich. Man kann sie öffnen und schließen. »Wenn man sie schließt, dann ist es ein sehr analytischer Klang, das heißt: Bei detailversessener Probenarbeit hilft dieser Klang, die kleinsten Nuancen und

Einer der Räume im Turm der Christuskirche: neues Probendomizil der Vorklasse unter der Leitung von Swantje Bein.

»**Endlich ist es da,** *das Chorhaus für den Mädchenchor Hannover. Das jahrzehntelange Provisorium im Kaiser-Wilhelm- und Ratsgymnasium gehört der Vergangenheit an. (...) Es hat sich durch das vielfältige Engagement für das Chorhaus eine Verantwortungsgemeinschaft gebildet, die über den Zeitpunkt der Fertigstellung hinaus Bestand hat.*«

*Prof. Dr. Hans Bäßler,
Vorsitzender des Vorstands des MCH sowie Mitglied im Künstlerischen Beirat*

Fehler zu hören. Das ist nicht immer angenehm, aber es hilft ungemein. Wenn man die Glaslamellen öffnet, wird der Klang weicher«, erklärt Gudrun Schröfel. An diesem Nachmittag sind die Glaslamellen geschlossen, also höchste Aufmerksamkeitsstufe: Nach drei Anläufen sind die Akkorde intonationssicher.

Wie gesagt, der Raum nimmt schnell etwas übel, aber er gibt auch sehr viel zurück. Er verleiht den jungen Solostimmen den Glanz, den sie in sich tragen, und damit ermutigt dieser Raum auch. Charlotte Pohl, die im ersten Sopran singt, beschreibt es so: »Die Akustik hier ist ja für einen Chor gemacht, das war in der Aula eben nicht so. Es war zwar okay, aber es verschwamm eben doch vieles.«

Neben der hervorragenden Akustik hat der Chorsaal auch technisch alles, was ein Chorleiterinnenherz höherschlagen lässt und für eine professionelle Probenarbeit

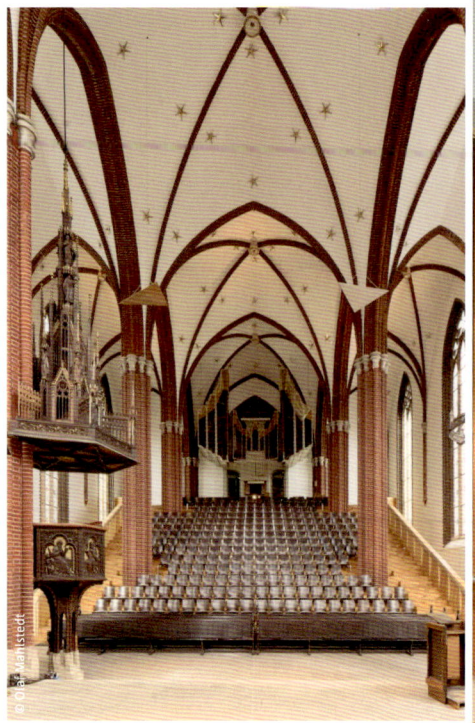

Im Mittelschiff der Christuskirche finden Chorkonzerte des Mädchenchors statt.

wichtig ist: Von der Decke hängen hochwertige Mikrofone in den Raum hinein. Gudrun Schröfel erklärt, welche Vorteile das hat: »Wir können während einer Probe sofort eine Aufnahme machen. So kann ich ganz gezielt auf Dinge hinweisen, und die Mädchen können es sofort nachvollziehen, weil sie von außen hören. Eine andere Möglichkeit, die dieser Chorsaal bietet, ist, dass ich während einer Probe CD-Aufnahmen anderer Chöre abspielen kann. Vergleichendes Hören professioneller Chöre schärft das Gehör ungemein.«

Die jungen Sängerinnen wissen genau, wie sie ihr Instrument, die eigene Stimme, einsetzen müssen, weil sie es bereits über viele Jahre gelernt haben – und nun üben sie in einem Raum, der ihnen genau spiegelt, woran sie arbeiten müssen und was bereits richtig gut sitzt. Sprachen die Mädchen nicht von einem Zuhause? Auch dort gibt es immer wieder Stellen, die aufgeräumt werden müssen, und andere, die einfach superschön sind.

»Wir können während einer Probe sofort eine Aufnahme machen.« *Gudrun Schröfel*

Der Chorsaal ist unter der Tribüne
in das Kirchenschiff integriert.

Eine spannende Herausforderung für Architektinnen und Architekten

Der Reiz der Aufgabe lag in der Transformation des – von Carl Wilhelm Hase als Residenzkirche geschaffenen – neugotischen Backsteinbaus. Architektinnen und Architekten beschäftigen sich mit den verschiedensten Gebäudetypologien; hier präsentierte sich der Fall, dass wir einen neuen Raum erfinden durften, der zum einen den Habitus des Vorgefundenen respektiert, zum anderen der Nutzung als »Internationales Chorzentrum« gerecht wird.

Die Vorgaben für den Chorsaal des Mädchenchor Hannover ließen die Aufgaben komplexer werden. Es galt, den neuen Raum mit einer älteren Zeitschicht »verschmelzen« zu lassen.

Herausfordernd war, zwei verschiedene Anforderungen in einer Antwort zu vereinen. Durch den eingestellten Chorsaal, der in seiner Ambivalenz als Tribüne und Raum dient, ist das Vorhaben gelungen, die Anforderungen der Revitalisierung der Kirche und des neuen Chorsaals für den Mädchenchor zu erfüllen. Die Weite des Kirchenraums steht dabei in hohem Kontrast zu der Intimität und Geborgenheit des Chorsaals.

Prof. Gesche Grabenhorst

Der neue Chorsaal – aus der Sicht des Akustikers

Wie bei allen Planungsaufgaben ist die Grundlagenermittlung ein wichtiger Ausgangspunkt des Akustikers. Das bedeutet: vor der Planung zu erkennen, auf welche Bedürfnisse der Schwerpunkt gelegt werden muss, und von welchen Disziplinen das Nutzungsprofil maßgebend abhängig ist.

Ein Chorsaal ist ein Raum, in dem man sich mit der Feinstruktur von Klängen beschäftigt und auf akustische Nuancen achtet. Nicht nur einzelne Stimmen müssen unverfälscht hörbar sein, sondern auch der Gesamtklang muss analytisch in Gänze beurteilt werden können.

Um dies zu erreichen, musste das Eingangskonzept des Architekten inklusive Beleuchtung und Belüftung des Chorsaals neu überarbeitet und entsprechend den oben beschriebenen Anforderungen angepasst werden.

Um eine ausreichende Modendichte (Vielfalt), längere Nachhallzeit sowie eine erträgliche Lautstärke für die Sängerinnen zu erzielen, wurde das Raumvolumen des Chorsaals von ursprünglich 500 Kubikmetern auf 850 Kubikmeter vergrößert. Zusätzlich zu der baulichen Vergrößerung des Raumes wurden die seitlichen Chorsaalwände (ursprünglich Trockenbauwände) aus Glaslamellen hergestellt. Sie können über einen Motor geöffnet werden und ermöglichen eine weitere Vergrößerung des Raumvolumens sowie Veränderungen der Raumakustik im Chorsaal. Durch die Verwendung der lichttransparenten Glaslamellen kann der Chorsaal zusätzlich zu den akustischen und bauphysikalischen Notwendigkeiten natürlich beleuchtet und optisch in das Gesamtbauwerk eingebunden werden.

Vladimir Szynajowsi

4

Der Mädchenchor Hannover interpretiert
»Der Zauberwald« von Alfred Koerppen.

Inspiration:

Komponisten schreiben für den Mädchenchor Hannover

Stilbildend und gattungsrelevant	66
Dokumente der Wertschätzung	67
Chorgesang und Choreographie	71
Auf dem Weg zur Uraufführung	72
Der Mädchenchor als Konzertpartner	74

Der Komponist Peter Eötvös widmete »Herbsttag« dem Mädchenchor Hannover.

Stilbildend und gattungsrelevant

Chorwerke für Frauenstimmen sind noch immer Raritäten. Die Besetzung ist selten und in hervorragender Qualität noch seltener anzutreffen. Daher hat der Mädchenchor Hannover seit vielen Jahren eine repertoirebildende Funktion.

1967 komponierte Alfred Koerppen sein erstes Stück für den Mädchenchor Hannover, die Chorerzählung »Joseph und seine Brüder«. Mit dem »Zauberwald«, den er 1982 für den Chor schrieb, gelang ihm über Chorgenerationen hinweg ein echter Hit. Bereits im Jahr der Uraufführung gewann der Mädchenchor mit diesem Werk den ersten Preis beim Deutschen Chorwettbewerb 1982. Das Besondere an dieser Komposition ist, noch sehr unüblich in der damaligen Zeit, dass der Chor auch gestisch gefordert wird: Sichtbares Geschehen muss dem Klang hinzugefügt werden. Hinzu kommt der hohe Schwierigkeitsgrad des Chorsatzes. Er ist vielstimmig aufgeteilt, enthält Soli und »setzt sich über die Grenzen, die sonst Laienensembles von einem professionellen Chor trennen, hinweg, ohne freilich unüberwindliche Schwierigkeiten zu bieten«, so der Komponist.

Alfred Koerppen zählt zu den Komponisten der ersten Stunde für den Mädchenchor. Sein Einfühlungsvermögen in die Leistungsfähigkeit eines Jugendchors und die inspirierende Kraft seiner Werke, das bisherige Können zu erweitern, haben Maßstäbe gesetzt. In den vergangenen zwei Jahrzehnten hat der Mädchenchor Hannover zahlreiche Auftragskompositionen zur Uraufführung gebracht. Jedes Mal war es ein großer Erfolg, sowohl für die Komponisten und ihre Werke als auch für die jungen Sängerinnen in ihrer jeweiligen Entwicklung. Der Chor ist an diesen Aufgaben gewachsen und hat einen deutlichen kontinuierlichen Qualitätsanstieg erreicht. Das sängerische und musikalische Niveau des Mädchenchors ist mittlerweile bei Komponisten bekannt und macht ihn zu einem begehrten Partner. Der Chor ist daher nicht nur ein ausführender Klangkörper, sondern hat darüber hinaus musikgeschichtlich auch eine stil- und gattungsrelevante Bedeutung.

»Es ist eine ganz besondere Erfahrung für junge Sängerinnen, ihre stimmliche und musikalische Begabung weiterzuentwickeln durch ein herausforderndes Repertoire. Deshalb geben wir renommierten, aber auch jungen, zeitgenössischen Komponisten seit Jahren Kompositionsaufträge für den Chor.«
Gudrun Schröfel

Alfred Koerppen   Petr Eben   Einojuhani Rautavaara

Dokumente der Wertschätzung

Die beständig wachsende Qualität des Mädchenchor Hannover inspiriert seit vielen Jahren namhafte Komponisten, die international für ihre sinfonischen Werke, für ihre Kammermusik und ihre Opern bekannt sind, eigens für den Mädchenchor Werke zu schreiben. Es ist eine kreative, sich gegenseitig befruchtende künstlerische Arbeit. Auszüge aus Briefen und Grüßen an den Mädchenchor belegen die große Wertschätzung, die die Komponisten dem Chor entgegenbringen.

Petr Eben, tschechischer Komponist (1929 – 2007)

» … und dienend werden wir König sein …« (Textzeile aus seiner Komposition, auf die sich Petr Eben bezieht): »Gewiss kann man dasselbe vom Mädchenchor Hannover sagen, welcher durch sein großes Können nicht nur den begeisterten Autoren und Zuhörern dient, sondern auch eine königliche Stelle in der Welt der Chormusik einnimmt.«

Einojuhani Rautavaara, finnischer Komponist (1928 – 2016)

»Dankbar für die schöne Aufführung von ›Wenn sich die Welt auftut‹ gratuliere ich dem Mädchenchor Hannover mit Worten von Rainer Maria Rilke: ›… da schufst du ihnen Tempel im Gehör‹.«

Arvo Pärt

Knut Nystedt

Arvo Pärt, estnischer Komponist (*1935), am 14. August 2000, nachdem er die CD-Einspielung seiner Evangelienvertonung »Zwei Beter« erhalten hatte:

»Ich habe gerade die Aufnahme gehört, die Sie mir geschickt haben, und ich bin zu Tränen bewegt, so gerührt, es ist wunderbar. Es ist so reif geworden und klingt schön, und ich habe mir nicht vorgestellt, dass es so schön wird. Also herzlichen Dank und meine Liebe für alle Sängerinnen, alles Gute, vielen Dank, auf Wiedersehen.«

Knut Nystedt, norwegischer Komponist (1915–2014), gratulierte 2002 zum 50. Jubiläum des Mädchenchor Hannover:

»50th anniversary (1952–2002): Congratulations on the 50th anniversary of Mädchenchor Hannover! It was a great honour to receive a commission to write a work to be performed in the great concert hall at EXPO 2000.

In cooperation with the author Fred Kaan in England I wrote the work ›Magnificat for a New Millennium‹ for female choir, for trombones and percussion. The work is a homage to our wonderful planet, but at the same time an urgent petition to let human folly destroy it.

I had the pleasure to be present at the world premiere in September 2000. It was a great honour for me that the performance took place on my 85th birthday. The performance with a mass choir of 120 singers from Mädchenchor Hannover and the female choir Concentus from Sandnes, Norway, made a great impression on the audience under the excellent leadership of Gudrun Schröfel.

Again congratulations and all good wishes for a successful new season!«

Veljo Tormis

Peter Eötvös

Veljo Tormis, estnischer Komponist (1930–2017), war ebenfalls unter den Gratulanten zum 50. Jubiläum:

»Liebe Mädchen aus Hannover, ich kenne Euch durch einige CDs, also sind wir nur Audiobekannte. Aber Ihr seid wunderbar! Vor Kurzem habe ich das Euch gewidmete ›Sampo cuditur‹ gehört, wie es am 2. September 2000 beim EXPO klang. Das war großartig – frisch und schön! Ich gratuliere Euch!

Ich beglückwünsche Euch, dass Ihr 50 Jahre alt – nein, 50 Jahre jung! – geworden seid. Viel Erfolg!

Euer Veljo Tormis«

Zum 65. Festjahr des Mädchenchor Hannover gratulierte der ungarische Komponist **Peter Eötvös** (*1944):

»65. Jung. Ich bin 72. Sieben mehr. Als ich sieben war, habe ich in einem Mädchenchor gesungen. Ich war der einzige Knabe, der in jedem Konzert als Erster auf das Podium trat, sofort Applaus, Erfolg, dass das erste Mädchen ein Junge ist. Es war aber nötig, weil ich ein absolutes Gehör habe und immer den Anfangston angab.

Damals war ewiger Frühling. Heute ist Herbsttag. Herr, gebe dem Mädchenchor viel Freude am Singen, auch für die kommenden 65 Jahre.«

Andreas N. Tarkmann

Zum 70-jährigen Bestehen des Mädchenchor Hannover schreibt der Komponist und Arrangeur **Andreas N. Tarkmann** (*1956) am 25. Mai 2021:

»Für einen gebürtigen Hannoveraner wie mich ist der Mädchenchor Hannover eine feste musikalische Institution, die auf einzigartige Weise das kulturelle und musikpädagogische Leben der Landeshauptstadt in den vergangenen 70 Jahren bereichert hat. Unzählige Mädchen konnten in dieser Zeit in ihren musikalischen Begabungen und Fähigkeiten gefördert werden, und für sie alle ist diese Zeit ein wertvoller Teil ihrer Kindheits- und Jugenderinnerungen.

Als Komponist und Arrangeur verdanke ich dem Mädchenchor Hannover einige meiner interessantesten Auftragswerke, ausgeführt in aufregenden und beglückenden Aufführungen: Dazu zählen besonders ›Didos Geheimnis‹, eine abendfüllende Choroper, in der es auch szenische Herausforderungen zu meistern galt, wie auch die exotisch-klangprächtige ›Inka-Kantate‹, die der Mädchenchor zu einer ›musikalischen Sternstunde‹ werden ließ, wie die Zeitungen nach der Uraufführung schrieben. Es sind unvergessliche Momente für einen Komponisten, wenn er erleben darf, dass sein Werk so verstanden und realisiert wird, dass das Publikum durch kongeniale Interpreten einen idealen Zugang zu den Neukompositionen erhält.

In diesem Sinne möchte ich mich – auch im Namen meiner komponierenden und arrangierenden Kollegen – bei dem Mädchenchor Hannover für das stetige, nie ermüdende Interesse an Neukompositionen bedanken. Als Impulsgeber für Neues und (noch) ›Unerhörtes‹ ist der Mädchenchor Hannover ein wichtiger Teil in der neueren Musikgeschichte Hannovers.«

Der Mädchenchor Hannover probt mit Milos Zilic
»Didos Geheimnis« von Andreas N. Tarkmann.

Chorgesang und Choreographie

Viele Jahre arbeitete der Tänzer und Choreograph **Milos Zilic** mit dem Mädchenchor Hannover zusammen. Er war ein wichtiger künstlerischer Partner für Gudrun Schröfel, so auch bei Uraufführungen wie beispielsweise der Choroper »Didos Geheimnis« von Andreas N. Tarkmann. Die Mädchenchor-Sängerinnen gestalteten die einzelnen Szenen mit ausdrucksstarken Bewegungen, die sie unter Milos Zilics Anleitung einstudiert hatten. An dieses aufwendige Projekt erinnert sich der Choreograph besonders gern. Das barocke Galeriegebäude Herrenhausen war die erste Herausforderung: Ein langer Raum, einem Schlauch nicht unähnlich, bot zwar einen würdigen Rahmen, ist aber als Bühne schwer zu bespielen und auch akustisch problematisch. »Am Anfang war ich absolut gegen die Querbespielung des Saals. Ich bin ein 100-Prozent-Theatermensch, und daher muss für mich bei einer solchen Inszenierung einfach alles stimmen«, so Zilic.

Am heimischen Computer hat der ehemalige Tänzer der Niedersächsischen Staatsoper Hannover Szene für Szene durchgespielt. Auf- und Abgänge von mehr als 200 Mädchen vereinte er vor Probenbeginn zu einem sinnvollen Konzept – nicht zu vergessen die praktischen Bestimmungen wie Brandschutz und optimale Sicht des Publikums auf das Bühnengeschehen.

»Ich hatte bereits ein halbes Jahr lang an der Aufführung gearbeitet, bevor ich die Mädchen das erste Mal traf«, schildert Zilic den Auftakt der gemeinsamen Proben im April 2011. Er hatte jedes Bild der Choroper mit Playmobil-Figuren auf einer Miniaturbühne nachgestellt und fotografiert. »Das fanden die Mädchen toll, und sie haben sich sofort anstecken lassen. Ich denke, Menschen spüren, wie ernst man selbst an so etwas herangeht. Es herrschte eine unglaubliche Intensität, alle wollten diese Riesenaufgabe schaffen: singen, tanzen und dann auch noch Text in englischer Sprache bewältigen.« Und so stand nach kurzer, intensiver Probenarbeit das, was Publikum, Kritikerinnen und Kritiker begeistert hat: »Didos Geheimnis«. Ein Opernkollege sagte anschließend zu Milos Zilic: »Du hast die Mädchen zum Fliegen gebracht« – das war, so Zilic, der schönste Lohn.

Jan Müller-Wieland

© Andrea Huber

Auf dem Weg zur Uraufführung

Im Jahr 2018 beauftragte Gudrun Schröfel den Komponisten Jan Müller-Wieland, ein Werk für den Mädchenchor zu schreiben. Geplant war die Uraufführung zunächst für das Jahr 2020. Sie wurde jedoch durch die Corona-Pandemie und die Lockdown-Maßnahmen verhindert. Die Uraufführung ist jetzt für das Jubiläumsjahr 2022 geplant. In einem Interview sagte Jan Müller-Wieland 2016: »Für einen Komponisten ist es natürlich toll, wenn er anhand der Stimme Position beziehen und Rhetorik vermitteln kann, was als Botschaft herauskommen soll.«

Die Botschaft der Auftragskomposition für den Mädchenchor Hannover entsteht auf der Basis des Märchens »Sterntaler« der Gebrüder Grimm; auch das Libretto stammt von Jan Müller-Wieland. Der Titel lautet: »Die Sterntaler, Traum für Mädchenchor, drei Holzbläser und Streichquintett«.

Aufgrund der Corona-Pandemie waren Zusammenkünfte von Auftraggeberin Gudrun Schröfel, Chor und Komponist nicht möglich; der kreative Prozess musste häufig ausschließlich über Telefonate und Mails abgestimmt werden. Einige Auszüge geben Einblick in die Werkstatt auf dem Weg von der Auftragsvergabe bis zur geplanten Uraufführung im Jubiläumsjahr 2022.

Datum: 02. Juli 2018 um 19:04 MEZ
An: Jan Müller-Wieland

Sehr geehrter Herr Müller-Wieland,
(…) Ich möchte Sie gern fragen, ob Sie bereit wären, ein Werk für den Mädchenchor Hannover und Oktoplus zu schreiben. Ich würde mich riesig freuen.
Gern lasse ich Ihnen CDs vom Chor schicken, damit Sie die Qualität des Chors einschätzen können.
Ich habe im Laufe der Jahre etliche Komponisten gebeten, Werke für den Chor zu schreiben, weil ich es sehr wichtig finde, dass die jungen Leute die Komponisten und damit die Musik ihrer Zeit erarbeiten und zum Hören angeleitet werden.
So haben Peter Eötvös, Toshio Hosokawa, Manfred Trojahn, Steffen Schleiermacher u. a. Werke für den Mädchenchor Hannover geschrieben.
Die Konzertchormädchen sind zwölf bis 19 Jahre alt (S1/S2/A1/A2). Das Ensemble Oktoplus ist Ihnen ja bekannt.

Beste Grüße
Gudrun Schröfel

Datum: 03. Juli 2018 um 16:10 MEZ
An: Gudrun Schröfel

Sehr geehrte Frau Schröfel,
herzlichen Dank für Ihre Mail. Ich würde mich sehr freuen, CDs etc. zu bekommen. Ihr Gedanke fasziniert und ehrt mich.

Sehr neugierig und mit freundlichen Grüßen
Jan Müller-Wieland

Datum: 03. Juli 2018 um 16:22 MEZ
An: Jan Müller-Wieland

Vielen Dank, lieber Herr Müller-Wieland,
für Ihre schnelle Antwort, die mich sehr erfreut.
Das Stück sollte ca. zehn bis zwölf Minuten lang sein und nach Möglichkeit in 2020 uraufgeführt werden. Auf jeden Fall würde es ein Programmpunkt innerhalb unserer sogenannten Neujahrskonzerte werden, die wir bisher alljährlich im Opernhaus veranstaltet haben. Weitere Aufführungen sind geplant.

Beste Grüße
Gudrun Schröfel

Datum: 11. November 2020 um 14:56 MEZ
An: Jan Müller-Wieland

Lieber Herr Müller-Wieland,
wie geht es Ihnen in dieser leblosen Zeit? Hoffentlich sind Sie gesund? Ich sehne mich nach einer Komposition von Ihnen, deshalb meine Frage: Wie geht es der Auftragskomposition – Gebrüder Grimm »Sterntaler«? Aufgrund der Corona-Pandemie mussten wir leider auch das Neujahrskonzert 2021 in der Staatsoper absagen.
Wenn das Werk im Neujahrskonzert 2022 aufgeführt werden könnte, wäre es wunderbar; für den Chor ist es ein Jubiläumsjahr: 70 Jahre!
Von Ihnen zu hören, würde mich sehr freuen.

Herzliche Grüße
Ihre Gudrun Schröfel

Datum: 11. November 2020 um 19:19 MEZ
An: Gudrun Schröfel

Liebe Frau Schröfel,
herzlichen Dank für Ihre Mail!
Ich hoffe, Sie sind gesund!
Es war sehr fein, Sie kurz vor Corona in Hannover noch kurz gesprochen zu haben. Unser Stück für 2022 ist gar kein Problem. Ich freue mich sehr auf das Projekt!

Herzlich
Ihr Jan Müller-Wieland

Datum: 23. Februar 2021 um 09:43 MEZ
An: Gudrun Schröfel, Malte Refardt, Juliane Eichler, Hans-Ulrich Duffek

Liebe Frau Schröfel, lieber Malte, liebe Frau Eichler, lieber Herr Duffek,
Betr.: Mein Stück (»Die Sterntaler«) für Ihren fantastischen Mädchenchor und Maltes grandioses Oktett! Ich habe das Stück jetzt definitiv fertig komponiert (Dauer: circa 15 Minuten). Sobald die Copyshops wieder öffnen, wird es kopiert und gelangt über Herrn Duffek an Sie. Ihnen allen beste Wünsche! Kommen Sie gut durch die jetzige Zeit und bleiben Sie gesund!

Ihr Jan Müller-Wieland

Der Mädchenchor als Konzertpartner

Professionelle Musikerinnen und Musiker verbinden mit den jungen Sängerinnen des Konzertchors Professionalität, Disziplin und vor allem einen klaren, wandlungsfähigen Klang. Die unendlich geduldige, aber auch harte Arbeit trägt in beeindruckenden Konzerten Früchte. National und international wird der Mädchenchor Hannover als Konzertpartner geschätzt. Die Erfahrung, mit bedeutenden Dirigentinnen und Dirigenten, Musikerinnen und Musikern, Sängerinnen und Sängern zusammenzuarbeiten, bringt den Mädchen bereits in jungen Jahren eine tiefe Einsicht in professionelles Musizieren – und viele von ihnen sind von dieser Arbeit so fasziniert, dass sie sich wünschen, eines Tages ebenfalls einen Musikerberuf zu ergreifen.

Wie sehr die Profis die Arbeit und das künstlerische Niveau des Mädchenchor Hannover würdigen, kommt in zahlreichen Glückwunschschreiben und Testimonials zum Ausdruck.

Begeisterte Zuhörerinnen und Zuhörer: Simon Halsey (Mitte) und Gudrun Schröfel bei einem gemeinsamen Workshop mit dem Mädchenchor Hannover.

Pionier- und DDR-Lieder, gespenstisch gut gesungen von einer Generation, die diese Zeit nicht erlebt hat. Durchbrochen mit für sie komponierten Kunstwerken von heute. Danach eine Nachtwanderung geführt von diesem fantastischen Mädchenchor … einer der Höhepunkte des besonderen Festivals der Sommerlichen Musiktage Hitzacker 2019. Mit ungebremster Abenteuerlust, neugieriger Freude und mutigen Konzeptionen – so geht Zukunft für einen spektakulären Jugendchor. Das zu erleben macht Spaß! Wo Künstlerisches Gemeinschaft stiftet, da will und braucht man mehr – hier im Jetzt und jederzeit.

Voller Hochachtung und Begeisterung
Oliver Wille,
Professor für Kammermusik an der Hochschule für Musik, Theater und Medien Hannover

Anagramme

*wunderbarer maedchenchor
bedachend wacheren rumor
abrundend wachem ohre
anmachend wodurch erbe
andauernde werber horch*

*badewanne urmeer horch
andauernde brecher chor
anredende bewach humor
badewanne rudere horch
badewanne dreher humor
abwendend urmeer horch*

*ohrwurm beendende haar
maedchenchor wunderbar*

Jan Philip Schulze,
Professor für Liedgestaltung an der Hochschule für Musik, Theater und Medien Hannover

It has been my privilege to hear the choir and see their outstanding work with their distinguished director. Many thanks to Frau Schröfel for her inspirational work over so many years. I hope your future will be an exciting new chapter. Long live choral music and the great education it gives to young people all over the world!

Simon Halsey,
Dirigent, Chorleiter des City of Birmingham Symphony Orchestra, Kreativdirektor für Chormusik im WDR

Denn sie wissen, was sie tun.

Wie kann es sein, dass ein Chor, bestehend aus jungen Mädchen, so erwachsen, professionell, sängerisch und ausgeglichen klingt? Dies fragte ich mich im ersten Konzert des Mädchenchors, das ich im Großen Sendesaal des NDR in den späten 90er Jahren hören durfte. Am Dirigentenpult stand damals noch Ludwig Rutt, der die Mädchen souverän und mit großer Genauigkeit durch die facettenreich gestalteten Frauenchöre für Hörner und Harfe von Johannes Brahms führte.

Nach der Pause jedoch übernahm die Führung eine kleine, drahtige Frau, unter deren Händen in den Gesängen für Frauenchor von Robert Schumann der Chorklang zu glänzen und zu funkeln anfing. Die Mädchen nahmen jede vokale Klippe mit Leichtigkeit und agierten gesangstechnisch bewusst, als hätten sie schon viele Berufsjahre hinter sich. Mich trieb die Frage um, wie man mit Kindern und jungen Mädchen ein solch hochkarätiges Ergebnis erzielen kann.

Ich hörte den Chor ein paar Jahre später bei dem Kongress für Neue Chormusik in Aschaffenburg in einer öffentlichen Probe mit Alfred Koerppens »Zauberwald«. Die kleine, drahtige Frau hatte ich damals als Kollegin an der Hochschule Hannover schon näher ken-

nen- und auch ein bisschen fürchten gelernt, da sie sich in gemeinsamen Sitzungen als sehr durchsetzungsfähig erwies. In der öffentlichen Probe kurz vor dem großen Kongresskonzert arbeitete sie mit größter Genauigkeit an Sprache, Vokalraum, Länge des Vokals, Körperlichkeit und Registerausgleich. Sie drehte sozusagen jede Note um und brachte sie erneut ins mentale und muskuläre Gedächtnis der Mädchen. Es war für die Sängerinnen selbstverständlich, eine Stelle so lange zu proben, bis sie wirklich gut oder perfekt war.

Mit nicht nachlassender Energie wurde gefeilt, verfeinert, vertieft und poliert. Die Darbietung im Abendkonzert gelang umwerfend. Das versammelte Fachpublikum war durchweg begeistert. Mir schien es, als wären die Mädchen vollkommen frei beim Gestalten und Musizieren, weil sie die technischen Hürden längst genommen hatten.

In mancher Aufnahmeprüfung an der Musikhochschule oder in anderen Zusammenhängen habe ich Sängerinnen des Mädchenchor Hannover erlebt. Sie fielen durch ihre fundierte stimmliche Ausbildung, durch die Fähigkeit zum Blattlesen, durch den gekonnten Umgang mit der Stimmgabel, durch Musikalität, Selbstdisziplin und hohen Leistungswillen auf. Vor allem aber hatten sie die Erfahrung gemacht, dass Chorsingen glücklich, stark und lebensmutig macht!

In diesem Sinne gratuliere ich dem Mädchenchor zu seinem Jubiläum und wünsche dem Ensemble von Herzen alles Gute!

Anne Kohler,
Chorleiterin und Professorin für Chor- und Orchesterleitung an der Hochschule für Musik Detmold, künstlerische Leiterin des Bundesjugendchors

One of the musical revelations to me, when I first came to Hanover, was the Mädchenchor. These committed, talented young people clearly work hard with Professor Schröfel, to a highly professional level, but they also exude joy in what they do, so that their concerts are always an inspiration. I love to hear them and congratulate the Mädchenchor on 70 years at the heart of Hanover's rich musical life.

Andrew Manze,
Chefdirigent der NDR Radiophilharmonie

In den vergangenen Jahren hatte ich die Freude, bei zahlreichen Gelegenheiten den Mädchenchor Hannover im Rahmen von Konzerten der NDR Radiophilharmonie Hannover und des Ensembles Oktoplus zu erleben. Dabei hat mich immer die herausragende Qualität des Mädchenchor Hannover beeindruckt – gleichzeitig aber auch die Leidenschaft und Disziplin der Mädchen und welch professionelle und freundliche Atmosphäre sowohl Frau Schröfel als auch Herr Felber jedes Mal geschaffen haben. Nicht zuletzt nimmt der Mädchenchor Hannover eine zentrale Rolle in der Nachwuchsförderung ein und stellt somit eine überaus wichtige Stellung in Hannover und ganz Deutschland dar, was die zahlreichen Talente bezeugen.

Umso mehr freut es mich deshalb jedes Mal aufs Neue, gemeinsame Projekte mit dem Mädchenchor Hannover spielen und realisieren zu können, und wünsche dem Mädchenchor für sein Jubiläum und für die Zukunft alles Gute!

Friederike Starkloff,
Konzertmeisterin NDR Radiophilharmonie

Liebe Gudrun,

es ist gar nicht zu beschreiben, wie viel Gutes Du diesen jungen Frauen tust und getan hast, und es war und ist eine Ausnahmeerscheinung in Deutschland. Von Deiner exzellenten Chorarbeit einmal abgesehen, kenne ich keine Nachwuchsförderung im Gesang, die Deine Qualität hat.

In den Aufnahmeprüfungen begegnen mir natürlich viele junge Sängerinnen und Sänger aus den berühmten Jugendchören oder Singakademien. Natürlich haben sie alle eine gewisse musikalische Ausbildung, aber die stimmliche Qualität kann oft nicht standhalten.

Man hört viel zu oft die Belastung und nicht altersgerechte Stimmbildung. In München fühle ich mich zwar an der Hochschule sehr wohl und die Qualität der Bewerbungen ist insgesamt glücklicherweise recht hoch, aber ich vermisse sehr eine musikalische Institution wie den Mädchenchor und den Austausch mit Dir! Etwas Vergleichbares gibt es in München einfach nicht.

Herzliche Grüße
Christiane Iven

———

Die exzellente musikalische Arbeit und die großartigen Konzerte von Gudrun Schröfel mit dem Mädchenchor Hannover sind deutschlandweit und auch international bekannt geworden. Aus meiner Sicht, als Sängerin und Gesangspädagogin, ist ihre überragende Nachwuchsförderung nicht minder bedeutsam, und hierfür kann ihr nicht genug gedankt werden!

Sie hat Generationen von Mädchen und jungen Frauen nicht nur eine intensive Freude an der Musik geschenkt, sondern darüber hinaus Werte wie Teamgeist und Selbstvertrauen vermittelt. Durch ihre altersgerechte und fundierte Stimmbildung hat sie die jungen Sängerinnen vor Überlastung, die in dem Bereich von Kinder- und Jugendchören leider keine Seltenheit ist, bewahrt und konsequent die Grundlagen gesunden Singens vermittelt.

So verwundert es nicht, dass die Reihe der »Mädchenchor-Gewächse«, die auch später erfolgreiche, professionelle Sängerinnen und Gesangspädagoginnen geworden sind, lang ist!

KS Prof. Christiane Iven,
Professorin für Gesang an der Hochschule für Musik und Theater München

Mit dem Mädchenchor Hannover verbindet mich eine fast 20-jährige Zusammenarbeit. Als Studentin durfte ich bei Proben hospitieren und die einfühlsame, disziplinierte, musikalische und technische Arbeit von Gudrun Schröfel erleben. Zahlreiche gemeinsame Konzerte und CD-Produktionen durfte ich als Sängerin mitgestalten und wurde jedes Mal von der hohen Qualität und der sprühenden Energie und Lebendigkeit der jungen Sängerinnen mitgerissen. Schließlich wurde ich auch in den erlesenen Kreis der Stimmbildnerinnen und Stimmbildner aufgenommen und durfte selbst mit den jungen Talenten arbeiten. Die Krönung für mich ist, dass ich als Professorin nun zwei Ehemalige weiter auf ihrem Weg begleiten darf, und ich hoffe auf viele weitere Damen!

Das große Lebensgeschenk der Chorzeit ist die Begeisterung für die Musik, das Erleben von Gemeinschaft, ein Höchstmaß an Disziplin, Fleiß und Kritikfähigkeit und das wohl größte Stück vom Glück: der Genuss und das Erleben der eigenen Stimme.

Von Herzen wünsche ich dem MCH alles erdenklich Gute und ihrem neuen Leiter Andreas Felber viel Freude bei dieser kostbaren Arbeit.

Mareike Morr,
Opern- und Konzertsängerin, Professorin für Gesang an der Hochschule für Musik Freiburg

Der Mädchenchor

Seit ich 2002 nach Hannover kam, um als Cellist in der NDR Radiophilharmonie zu spielen, habe ich mit dem Mädchenchor (der Zusatz »Hannover« erübrigt sich für mich, weil ich nur einen Mädchenchor kenne und das reicht auch!) zusammen musiziert. Zuerst war es einfach nur der Chor mit den aufmerksamen Mädchen in den adretten roten Kostümen, aber nach und nach wurde die Gruppe persönlicher: Erst war es die Tochter eines Kollegen, die ich erkannte, dann war es die Freundin meiner Tochter, die mich immer so nett grüßte. So begann ich diese jungen Künstlerinnen differenzierter kennenzulernen und auch Frau Schröfel, die immer für den Chor und seine Qualität bürgte.

Als Mitglied im Ensemble Oktoplus dürfen wir nun seit einigen Jahren auch die Weihnachtskonzerte des Mädchenchors begleiten. Das führte dazu, dass wir nicht nur die magische Atmosphäre in der Marktkirche teilen, wenn von draußen die Stimmen und das Gebimmel des Karussells vom Weihnachtsmarkt hereindringt und innen die weihnachtlichen Choräle angestimmt werden, sondern auch Reisen zusammen unternommen haben, nach Berlin in die Landesvertretung des Landes Niedersachsen, wo Stephan Weil Selfies mit den Mädchen machte, und nach Frankfurt, wo wir direkt hinter dem Römer im Dom das gotische Gewölbe zum Klingen brachten. Die vitale Mischung aus Trubel und Disziplin, aus Jungsein, aber ein künstlerisches Anliegen haben, ist für mich immer spürbarer geworden. Auch als begleitender Musiker habe ich den Eindruck, ein Teil des »Teams« zu sein.

Einzigartig und beeindruckend sind auch die solistischen Partien, in denen sich die Mädchen ausprobieren können. Nie hatte ich das Gefühl, dass jemand sich gedrängt oder alleingelassen fühlte. Es schien mir so, dass alle innerlich die Daumen drückten und stolz auf die wunderbaren individuellen Leistungen waren. Wie viel Arbeit allein an diesen Soli von den Mädchen und vor allem von Frau Schröfel geleistet wurde, kann ich nur ahnen.

Bis vor Kurzem waren die Namen Mädchenchor und Frau Schröfel für mich untrennbar miteinander verbunden. Von der Arbeit, die ja eine stetige Aufbauarbeit ist, da sich der Chor immer wieder verjüngt und gerade die Erfahrenen den Chor verlassen, habe ich nur die vergangenen Jahre mitbekommen. Sie hat aber Jahrzehnte gewährt und hat eine Institution geschaffen, die aus Hannover nicht mehr wegzudenken ist. Nun ist auch die Frage der Nachfolge geklärt und mit Andreas Felber ein international anerkannter Chorleiter gewonnen.

Jan-Hendrik Rübel,
Ensemble Oktoplus

For the past two summers, I had the privilege of working with the wonderful Girl's Choir of Hanover in open-air semi-staged performances of »La Bohème« and »La Traviata« with the NDR Radiophilharmonie for live television and audiences in the tens of thousands.

Under the exceptional and inspiring direction of their music director, Gudrun Schröfel, they are an outstanding group of talented young singers, dedicated and enthusiastic.

Working with these young artists was most rewarding in every way and I feel fortunate to have had the opportunity to inspire them and encourage them to pursue their dreams as vocal artists, opera singers, chorus members or conductors!

Bravissime and good luck to you all!

Keri-Lynn Wilson,
Opern- und Konzertdirigentin

Dieser hochkarätige Chor ist wunderbar ausgeglichen im Klang und vor allem sehr, sehr musikalisch in seinen Interpretationen.

Maria Guinand,
international renommierte Chordirigentin

The King's Singers have always championed young singers, and in recent years have enjoyed building a relationship with the Hanover Girls' Choir. The girls sing with such expression, spirit and joy that to perform with them is an enormous pleasure. We wish the choir a very happy birthday, and look forward to sharing the stage with them again very soon!

The King's Singers

Die King's Singers sind eins der am meisten gefeierten Ensembles auf der Welt, und es war total die Ehre, dass sie mit uns diesen Workshop gemacht haben. Man merkte sofort, wie professionell die Sänger waren. Wir haben uns in zwei Gruppen aufgeteilt und in unterschiedlichen Räumen gesungen. Eine Gruppe war logischerweise dann auf sich allein gestellt und ohne Frau Schröfel. Das war eine echt interessante Herausforderung: Chorsingen ohne Dirigentin. Jede muss dabei natürlich dann noch viel mehr auf die Feinheiten in den Noten achten, die Gudrun Schröfel ja sonst schon größtenteils zeigt.
Schon nach dem ersten Hören haben die King's Singers viel Kritik gehabt. Die meisten ihrer Kritikpunkte versucht Frau Schröfel uns sowieso schon in jeder Probe einzutrichtern, aber wenn man das alles von jemand anderem hört, wird es umso eindringlicher und natürlich auch eher umgesetzt.

Sophie Becker,
Mädchenchor-Sängerin

My experience with the Mädchenchor Hannover brought me great pleasure. They were dedicated, had a wonderful leader who prepared them very well, and I was very excited and pleased about the quality of singing and the depth of understanding of the piece.

Andris Nelsons
Dirigent, City of Birmingham Symphony Orchestra, über die Zusammenarbeit mit dem Mädchenchor Hannover anlässlich der von ihm dirigierten Aufführung von Benjamin Brittens »War Requiem« am 31. Mai 2013 im Kuppelsaal der Stadthalle Hannover und am 1. Juni 2013 in der Frauenkirche zu Dresden.

https://bit.ly/322LWj3

Prof. Hans-Peter Lehmann

Professor Hans-Peter Lehmann war von 1997 bis 2008 Vorsitzender des Mädchenchor Hannover e.V. und gab im November 2005 ein Interview für den »Chorbrief«, die Publikation des MCH. In diesem Interview betont der international renommierte Opernregisseur und langjährige Intendant der Niedersächsischen Staatsoper Hannover die gesellschaftliche Komponente der anspruchsvollen Chorarbeit.

INTERVIEW

Wie bewerten Sie die Arbeit im Mädchenchor aus jugendpädagogischer Sicht?

Der Mädchenchor Hannover ist für die Region Hannover und darüber hinaus ein Glücksfall in der musikerzieherischen Arbeit für unsere Gesellschaft. Er – wie übrigens auch der Knabenchor Hannover – übernimmt Aufgaben, die im schulischen Musikunterricht grob vernachlässigt werden. Ich glaube, Martin Luther hat einmal gesagt: »Wer sich die Musik erkiest, hat ein köstlich Gut gewonnen!«. Die Auseinandersetzung mit lebendiger Musik ist etwas, was in der Gesellschaft gar nicht hoch genug geschätzt werden kann. Es ist wie eine seelische »Frischzellenkur«. Der Mädchenchor Hannover ist in diesem Sinne nicht nur persönlichkeitsprägend für die Entwicklung der jungen Sängerinnen, sondern wirkt darüber hinaus auch beispielhaft in ihrem Freundeskreis, sei es in der Schule oder in der Familie. Insofern ist diese Art der chorischen Gesangsausbildung im Mädchenchor Hannover ein unschätzbarer Gewinn für den zivilen und sozialen Zusammenhalt in unserer Gesellschaft.

Welches Erlebnis mit dem Mädchenchor Hannover ist Ihnen in Ihrer Zeit als Vorsitzender in besonderer Erinnerung geblieben?

Es war, so glaube ich, der Auftritt im Ballhof anlässlich des 50-jährigen Jubiläums 2002. Die Geschlossenheit, mit der die einzelnen Chorgruppen sich präsentierten, gemischt mit den Soloaufgaben, Duetten und Terzetten haben mich stark beeindruckt und mir gezeigt, welche Stimmvielfalt, Ausstrahlung, Anmut, Reife und auch Klangfülle in diesen jungen Menschen steckt und wie ihr sängerisches Potenzial schon so früh erschlossen worden ist. Und dann ist da der Einzug, die Prozession singender Mädchen bei den alljährlichen Marktkirchenkonzerten, der mich immer wieder fasziniert und berührt.

Welchen Stellenwert hat für Sie die Gesangsstimme im Vergleich zum Musizieren auf einem Instrument?

Beim Gesang ist die menschliche Stimme das Instrument. Bei jedem erzeugten Ton kommt es zu einer intensiven Korrespondenz mit dem eigenen Körper. Jeder Muskel begleitet die Tonfolgen und verwandelt den Menschen selbst zu einem klangerzeugenden Körper. Bei keinem anderen Instrument ist auch das seelisch-geistige Zusammenspiel so an das Körperliche gebunden wie beim Gesang. Insofern ist die Stimme nicht nur das älteste

Drei Mädchenchor-Sängerinnen in den Rollen der drei Knaben in Mozarts »Zauberflöte«.

»Musikinstrument«, sondern auch das persönlichste. Nicht umsonst ist Orpheus – der Sänger, dessen Gesang die Geister in der Unterwelt zähmte – der Schutzpatron der Musik.

Worin liegen Ihrer Meinung nach die Anforderungen beim chorischen Singen?
Es ist die besondere musikalische Einstellung und Haltung, die für den Erfolg nicht nur das »Funktionieren« der eigenen Stimme erfordert, sondern auch das Einfügen in die Gemeinschaft der anderen Sängerinnen. Man darf nicht dominieren, muss mithören und auf die Nachbarin achten, um das gemeinsame Ziel zu erreichen. Nur so lässt sich – wie im Mädchenchor Hannover vorbildlich zu hören – ein expliziter Gleich- und Wohlklang von 80 Sängerinnen erzielen.

    Danke für das Gespräch!

Die enge Zusammenarbeit mit dem Opernhaus Hannover findet auch ihren Ausdruck in der regelmäßigen Besetzung der drei Knaben in Mozarts »Zauberflöte« mit Sängerinnen des Mädchenchor Hannover. Seit nunmehr drei Inszenierungen teilen sich besonders begabte Mädchenchor-Sängerinnen diese Herausforderung mit Mitgliedern des Knabenchor Hannover.

5

Ludwig Rutt: Chorleiter von 1952–1999, (1978–1999 in Doppelspitze mit Gudurn Schröfel).

Gudrun Schröfel: Chorleiterin von 1999–2019, (1978–1999 in Doppelspitze mit Ludwig Rutt).

Die Chorleiter

Künstlerische und pädagogische Verantwortung

Der Chorleiter Ludwig Rutt	84
Die Doppelspitze Ludwig Rutt und Gudrun Schröfel *Sonja Baum*	86
Ein guter Chorklang trägt immer eine Handschrift *Gudrun Schröfel*	90
Interview *Andreas Felber / Ulrike Brenning*	101

Andreas Felber: Chorleiter seit 2019, (2017–2019 in Doppelspitze mit Gudrun Schröfel).

Ludwig Rutt

Als der Mädchenchor Hannover 1952 gegründet wurde, war der Zweite Weltkrieg gerade erst seit sieben Jahren beendet. Die jungen Sängerinnen der ersten Stunde waren Kriegskinder und wuchsen in einer Stadt auf, die zu den zerstörtesten Großstädten in Deutschland zählte. Familien lebten in sehr beengten Verhältnissen, und oft waren die Kinder auf sich selbst gestellt. Der »Abenteuerspielplatz« in den Trümmern lag direkt vor der Haustür. Ein Chor konnte Kontinuität und Schutz bieten, und sicher waren das Aspekte, die vielen Eltern neben der Musik am Herzen lagen, wenn sie ihre Töchter für den Chor anmeldeten. Doch darüber hinaus hatte der Mädchenchor Hannover von Beginn an einen künstlerischen Qualitätsanspruch, der sich in werkgerechter Interpretation anspruchsvoller Chorliteratur ausdrückte. Dieser Anspruch ist eng verknüpft mit der Chorleiterpersönlichkeit Ludwig Rutt, der die Verantwortung für den Mädchenchor Hannover unmittelbar nach dessen Gründung übernahm und ihn bis 1999 leitete.

Ludwig Rutt (1921–2005) wurde in Dortmund geboren. Er war Sängerknabe im Kölner Domchor und studierte 1946 bis 1954 an der Akademie für Musik und Theater Hannover (heute Hochschule für Musik, Theater und Medien). Seine Lehrer waren u. a. Fritz von Bloh, Reimar Dahlgrün und Bernhard Ebert. Nach den Abschlussexamina als Kapellmeister, Tonsatz- und Klavierlehrer begann seine langjährige Tätigkeit als Lehrer am Gymnasium, als privater Klavierpädagoge, als Dozent für Klavier an der Hochschule für Musik und Theater Hannover und als Chorleiter. Durch die Aufführungen mit dem Mädchenchor Hannover, dessen Entwicklung seit 1952 und rasch einsetzende überregionale Anerkennung seiner intensiven künstlerischen und pädagogischen Arbeit zu verdanken sind und die er bis in die letzten Jahre vor seiner Verabschiedung 1999 entscheidend mitgestaltete, erwarb sich Ludwig Rutt im In- und Ausland den Ruf eines prominenten, vielseitigen Chorleiters. 1997 erhielt Ludwig Rutt in Anerkennung seiner herausragenden Leistungen auf dem Gebiet der Chorarbeit das Bundesverdienstkreuz am Bande und 1998 das Verdienstkreuz 1. Klasse des Niedersächsischen Verdienstordens.

Im Buch »Die Stimme der Mädchen«, das 2002 anlässlich des 50-jährigen Bestehens erschien, berichtete Ludwig Rutt von den Anfangstagen des Mädchenchor Hannover:

»Es war im Sommer 1952. Ich war 30 Jahre alt und hatte gerade meine Musik-Abschlussexamina hinter mir, leitete seit mehreren Jahren den Hochschulchor der damaligen Technischen Hochschule und den Volkschor Grasdorf. Zu der Zeit betreute ich außerdem die Vorklasse des 1950 von Heinz Hennig gegründeten Knabenchor Hannover. In diesem besagten Sommer fand im Lister Turm, dem damaligen Domizil der Musikakademie, eine Sommersemester-Abschlussfete statt. Ich war auch dort und saß einige Zeit mit Heinz Hennig zusammen, der vor zwei Monaten noch den Mädchenchor Hannover ins Leben gerufen hatte. Wir sprachen über dies und das. Plötzlich fragte er mich, ob ich Lust hätte, diesen Mädchenchor zu übernehmen. Natürlich war ich überrascht, aber nach kurzem Überlegen sagte ich: Ja.«

Ludwig Rutt (1921–2005) schuf die Basis für den hervorragenden Chorklang.

»Allerdings ahnte ich nicht im Entferntesten, was dieser Chor mir einmal bedeuten und was ich mit ihm erleben würde.

In einer Hinsicht aber war ich mir ganz sicher: Ich wollte keinen Mädchenchor, dem es genügte, kindlich-naiv auszusehen und zu singen, der seine Hörer durch niedliches Outfit bezauberte. Das hätte mich nicht interessiert. Ich wollte unsere dereinstigen Hörer durch echte musikalische Leistung überzeugen. Bei den berühmten Knabenchören war es ja diese Symbiose aus jugendlichem Klang und gekonnter, fast professioneller musikalischer Interpretation, die den Hörer immer wieder frappierte. Warum sollte das, was diese Knabenchöre offensichtlich erreicht hatten, mit Mädchen nicht möglich sein?«

Ludwig Rutt und Gudrun Schröfel:
Chorleiter-Doppelspitze 1978–1999.

Ludwig Rutt und Gudrun Schröfel – eine förderliche Zusammenarbeit

1999 übernahm Gudrun Schröfel die alleinige künstlerische Leitung des Mädchenchor Hannover. Die jahrzehntelange Zusammenarbeit mit Ludwig Rutt war eine hervorragende Basis, auf der Gudrun Schröfel ihre musikalischen, stimmlichen und pädagogischen Vorstellungen und Ziele weiter ausbaute.

Sonja Baum (geb. Wickmann) sang von 1988 bis 1998 im Mädchenchor; ab 1991 war sie Mitglied im Konzertchor. Sie hat als Chormädchen die künstlerisch besonders interessante und spannende Phase erlebt, in der der Mädchenchor Hannover nicht einen, sondern zwei künstlerische Leiter hatte: Ludwig Rutt und Gudrun Schröfel. Das war keine Übergangszeit, sondern eine kontinuierliche Doppelspitze. Die beiden Künstlerpersönlichkeiten Ludwig Rutt und Gudrun Schröfel brachten ihre Erfahrungen und ihr Können in die Probenarbeit ein, ohne sich Konkurrenz zu machen. Die Sängerinnen des Konzertchors erlebten eine musikalische Aufgabenverteilung, die von Teamgeist geprägt war, und einen bemerkenswert toleranten Chorleiter, Ludwig Rutt, der offensichtlich geahnt hatte, dass Gudrun Schröfel eines Tages seinen Chor übernehmen würde. Über diese inspirierende Aufteilung der Arbeitsbereiche berichtet die ehemalige Chorsängerin Sonja Baum, die heute als Schriftstellerin und Journalistin in Hamburg lebt.

»Ich weiß noch, dass ich mich direkt in der ersten Probe, in der ich dabei war, eingeschaltet habe!«, Gudrun Schröfel lacht bei der Erinnerung. Ludwig Rutt hatte sie 1967 gebeten, die stimmliche Betreuung der Mädchen zu übernehmen. Die Stimmpädagogin war ab jetzt bei allen Proben dabei und half bei stimmlichen Problemen.

»Gudrun Schröfel sang die Sopransoli in den Konzerten, und wir haben sie so bewundert«, schwärmt Sigrid Dubuc-Lühr, die 1969 in den Konzertchor kam. »Sie war sehr begabt, sehr interessiert, diszipliniert und der Chor hat ihr damals schon spürbar am Herzen gelegen. Sie war sehr hilfsbereit und für uns das Bindeglied zu Herrn Rutt. Er war auf charismatische Weise sehr bestimmt und hatte einen absoluten Führungsstil, fast autoritär. Aber das musste man auch sein, um diese ganzen kichernden Mädchen unter Kontrolle zu halten«, schmunzelt die frühere Chorsängerin. »Das Wort Ludwig Rutts war Gesetz. Bei Problemen ging man zu Gudrun Schröfel«, erzählt sie weiter. »Sie hat Herrn Rutt sehr verehrt. Zwischen den beiden herrschte Harmonie und Sympathie.«

Der zweite Probennachmittag wurde eingeführt und die Stimmbildung intensiviert. Diese eng verzahnte Zusammenarbeit von Chor, Chorleiter und Stimmbildnerin führte zu dem herausragenden Chorklang und den Klanginterpretationen, wie wir sie heute kennen. Sukzessive übernahm Gudrun Schröfel immer mehr Aufgaben von Ludwig Rutt, wurde im Laufe der Jahre zu seiner rechten Hand. Rund zehn Jahre später, 1978, teilten sich die beiden dann auch das Dirigat des Chors. Andrea Jantzen (geborene Schnaus), die 1983 zunächst als Sängerin in den Chor kam und ihn später jahrelang pianistisch begleitete, erinnert sich: »Das war wirklich toll, wie das ineinander übergriff: Er leitete die Probe, und sie mischte sich immer wieder konstruktiv ein. Ich habe das sehr bewundert, wie er es geschafft hat, ganz uneitel immer mehr an Gudrun Schröfel abzugeben.«

»Ungefähr seit Gründung des Johannes-Brahms-Chors 1984 war klar, dass ich nach und nach die Leitung des Chors übernehmen würde«, erzählt Gudrun Schröfel. »Ich habe unsere Zusammenarbeit immer als sehr gut empfunden. Wenn, dann gab es nur fachliche Auseinandersetzungen über musikalische, vor allem stilistische und stimmtechnische Themen. Wer da genau hinhörte, wurde Zeuge fachlich hochinteressanter Diskussionen.«

»Die beiden verband eine sehr enge Freundschaft«, erzählt auch Andrea Jantzen. »Aber beide waren starke, emotionale Persönlichkeiten, und natürlich krachte es da auch manchmal. Aber der Streit verrauchte immer ganz schnell.«

Liebe Gudrun,
ganz herzlich möchte ich mich bei Dir und den Chormädchen für Eure Karte aus Italien bedanken!

In der Tat hätten meine Eltern an dieser Reise mit ihren Erlebnissen und musikalischen Erfolgen sicher große Freude gehabt. Wie sehr sind beide – jede/r auf seine und ihre Art – in solchen Unternehmungen aufgegangen, waren begeistert und haben begeistert und ließen sich vom Abenteuer nicht schrecken. Und wie bereichernd waren diese Reisen für sie und auch für unser Familienleben. Wir nahmen an der Organisation und an den Reisen selbst ganz selbstverständlich Anteil, und manchmal war es natürlich auch belastend und anstrengend für die ganze Familie. Aber gelernt haben wir dabei durch lebendige Anschauung, dass man sich etwas zutrauen und Risiken eingehen kann, dass man Träume durch harte Arbeit verwirklichen kann, und wie viel in der weiten Welt an Schönem und Faszinierendem auf einen wartet. Gerade jetzt in dieser Zeit, wo sich Ludwigs Tod bald zum ersten Mal jährt und die Gefühle von Trauer und Verlust manchmal wieder stärker hochkommen, war es sehr berührend, durch die Karte zu erleben, wie der Geist unserer Eltern in gewisser Weise bei Euch weiterlebt.

Ich grüße Dich, liebe Grudrun, in herzlicher Verbundenheit! Meine Grüße bitte auch an die Chormädchen.

Matthias

»1990, zu meiner Zeit im Konzertchor«, erzählt Birthe Meyer-Rosina, »probte Herr Rutt mit uns die alten Stücke, Frau Schröfel die modernen. Die beiden waren ein wirklich eingespieltes Team.« So war es für die Mädchen selbstverständlich, dass der Chor von einer Doppelspitze geleitet wurde. »Es waren einfach immer beide da«, so die ehemalige Sängerin Anke Grell. »Als Team haben die beiden richtig gut funktioniert«, erzählt auch das frühere Chormitglied Annika Werner (geb. Braun). »Nach außen haben sie eine fließende Übertragung der Leitung geschafft. Unstimmigkeiten, wenn es denn überhaupt welche gab, haben wir nicht mitbekommen.«

Sie erinnern sich gut an Herrn Rutt, wie er zum Flügel schlenderte und seine lederne Aktentasche mit Schwung auf das Instrument warf. Er gab meist die Töne an dem Instrument an. Aber wenn Frau Schröfel mit der Probe eines Stückes fertig war, versicherte sie sich gern noch mal bei ihm rück. Oder aber es kam ganz unvermittelt während der Probe Leben in ihn und dann konnte er sich regelrecht an einer Stelle im Stück festbeißen und ließ die Mädchen singen und singen, bis er zufrieden war. »Ich habe die Arbeit mit Herrn Rutt immer sehr genossen und war unglaublich stolz, wenn wir ihm mit unserer Musik eine Freude bereiten konnten«, berichtet Judith Schwarzer. »Sein Lächeln war eine unglaubliche Wertschätzung, denn ich hatte das Gefühl, ihn mit unserem Gesang tatsächlich zu berühren.«

Doch nicht nur musikalisch, auch pädagogisch mussten die beiden zusammenarbeiten. Sicher keine leichte Herausforderung bei achtzig Mädchen, pubertierend, in ihrer Sturm-und-Drang-Zeit. »Als erwachsene Aufsichtsperson steht man da zwischen den Stühlen«, so Gudrun Schröfel.

»Sein Lächeln war eine unglaubliche Wertschätzung.«
Judith Schwarzer über Ludwig Rutt.

»Man gönnt den Mädchen ja, dass sie abends noch rausgehen! Aber andererseits trägt man auch die Verantwortung.« Sie erinnert sich an eine Situation auf einer Konzertreise in Budapest. Es wurde diskutiert und schließlich ein Kompromiss gefunden. »Bei pädagogischen Themen waren Ludwig und ich uns immer einig«, berichtet sie. »So konnte man sich auch entspannt auf Diskussionen wie diese einlassen.« Beide Chorleiter bemühten sich um den Kontakt zu den Mädchen. Vor allem in Frenswegen gab es dafür viel Gelegenheit. Sei es in den Probenpausen oder bei den geselligen Abenden im Kaminzimmer.

Aber die Doppelspitze des Chors wäre nicht komplett, wenn nicht auch Frau Rutt Erwähnung finden würde, die gute, sanfte Seele für die Mädchen und Spitzenmanagerin hinter den Kulissen. »Das habe ich erst viel später zu schätzen gelernt«, sagt Gudrun Schröfel heute. »Was Frau Rutt damals geleistet hat, war wirklich outstanding!« Sie war Managerin, Reiseleiterin und Chorbüro in einem, allein über 40 Konzertreisen hat sie geplant, oftmals zwei pro Jahr.

»Ich erinnere mich noch gut an Japan, an Frau Rutt und ihren hochgehaltenen Regenschirm und wie sie rief: ›Mädchenchor! Mädchenchor!‹ Wir konnten überhaupt nicht verloren gehen«, erzählt Anke Grell lachend.

Nachdem diese liebevolle Betreuung und Organisation aus Altersgründen dann durch ein Chorbüro ersetzt werden musste, wurde alles etwas weniger persönlich und dafür professioneller beim Mädchenchor. Der vielleicht einzige sichtbare Wandel.

»Mein Vater sprach stets voller Wertschätzung von Frau Schröfels Arbeit«, erinnert sich Sohn Herwig Rutt. »Das erreichte Klangideal war eine Frucht langjähriger gemeinschaftlicher Arbeit. Mein Vater hat es als seltenen Glücksfall erlebt, dass er die Leitung des von ihm über Jahrzehnte aufgebauten und geführten Klangkörpers derart bruchlos in berufene und mit dem Chor vertraute Hände übergeben konnte, und das mit diesem unglaublichen Übergangszeitraum von vielen Jahren.«

So konnte Ludwig Rutt die alleinige Leitung des Chors zwar sicher schweren Herzens, aber doch mit einem guten Gefühl 1999 endgültig an Gudrun Schröfel übergeben. »Ludwig Rutt hat seine ganze musikalische Erfahrung an Gudrun Schröfel weitergegeben, und sie hat mit ihrer herausragenden Künstlerpersönlichkeit diese Arbeit auf ihre Weise, aber doch in seinem Sinne weitergeführt«, so Andrea Jantzen.

»Ich glaube: Nicht zuletzt dadurch haben die beiden es geschafft, uns Chormädchen musikalisch tief zu prägen – im Umgang mit Musik, in der Interpretation verschiedener Stile, im Anspruch an die Umsetzung von Musik und in der Leidenschaft für die Musik.«

Sonja Baum

Als Sohn von Ludwig Rutt kam ich schon früh in Kontakt mit dem Mädchenchor Hannover. Aber es dauerte doch bis Mitte der 70er Jahre, bis mir die außerordentliche Qualität dieses Chors bewusst wurde.

In der hannoverschen Marktkirche wurde »Josef und seine Brüder« uraufgeführt, ein A-cappella-Chorwerk von Alfred Koerppen für Frauenchor und männliche Sprechstimmen. Ich hatte das Vergnügen, als eine dieser Sprechstimmen mitzuwirken, und war vollkommen fasziniert von der einzigartigen Mischung aus Disziplin und Leichtigkeit, mit der der Chor diesem musikalisch wie inhaltlich anspruchsvollen Stück gerecht wurde.

In späteren Jahren komponierte ich dann auch selbst für den Mädchenchor und hatte in diesem Zusammenhang die Gelegenheit, bei einer Singfreizeit einige Stunden mit dem Chor zu arbeiten. Vonseiten der Mädchen kam mir dabei eine nahezu unbegrenzte Bereitschaft entgegen, sich vermittels harter Arbeit einem für viele von ihnen ungewohnten jazzigen Musikstil anzunähern. Auch fiel es ihnen dabei nicht schwer, ihr vertrautes Klangideal (z. B. für einen »Shake«) kurzzeitig loszulassen.

Dies waren für mich prägende Erlebnisse, die mir ein weiteres Mal bestätigten, welche herausragende Qualität und Flexibilität dieser Chor hat. Konzerte in aller Welt und internationale Preise haben das ja mittlerweile auch dem interessierten Publikum deutlich gemacht. Ich wünsche dem Mädchenchor Hannover zu seinem Jubiläum alles Gute und auch weiterhin diese unglaubliche und berührende Präsenz.

Herwig Rutt

Gudrun Schröfel studierte an der Hochschule für Musik und Theater Hannover (heute Hochschule für Musik, Theater und Medien) Schulmusik, Dirigieren, Gesang und Gesangspädagogik. Ergänzende Studien bei der Sopranistin Arleen Augér und dem Chorleiter Eric Ericson brachten entscheidende Impulse für Gudrun Schröfels Chordirigat und ihre stimmbildnerische Arbeit. Zunächst konzertierte sie einige Jahre im Oratorien- und im Liedfach; außerdem leitete sie Chor und Orchester an einem Musikgymnasium.

Von 1985 bis 2012 war Gudrun Schröfel als Professorin für Musikerziehung mit dem Schwerpunkt Chor- und Ensembleleitung tätig, zunächst an der Folkwang Universität der Künste, dann an der Hochschule für Musik, Theater und Medien Hannover.

Sie erhielt 1989 den Niedersächsischen Musikpreis und wurde im Jahr 2004 mit dem Verdienstkreuz 1. Klasse des Niedersächsischen Verdienstordens ausgezeichnet. Weitere Auszeichnungen sind der Niedersächsische Staatspreis (2014) und die Niedersächsische Landesmedaille (2018).

―――――――――――

1978 – 1999
    Zweite Dirigentin neben Ludwig Rutt
1999 – 2017
    Künstlerische Leitung
2017 – 2019
    Doppelspitze mit Andreas Felber

―――――――――――

Gudrun Schröfel

Ein guter Chorklang trägt immer eine Handschrift

Es war ein Glücksfall, den Mädchenchor Hannover über mehr als vier Jahrzehnte, zunächst mit Ludwig Rutt gemeinsam und dann in eigener Verantwortung, leiten zu dürfen.

Ludwig Rutt hatte den Chor musikalisch auf den Weg zu einem semiprofessionellen Klangkörper gebracht, und es oblag mir, die Qualität, den Leistungsstand zu erhalten und den Chor zugleich weiterzuentwickeln. Mein Anspruch war, den intonationssicheren, elastischen, modulationsfähigen und doch voluminösen Chorklang beizubehalten und nach dem Vorbild von Eric Ericsons Stockholmer Kammerchor die jungen Leute zu lustvoller differenzierter Gestaltungsarbeit anzuspornen, wie wir sie aus der instrumentalen Phrasierungskunst der Kammermusik kennen.

Meine Zielsetzung war und ist, den Mädchen intensive Erlebnisse in und mit der Musik zu vermitteln: Sie sollen tief eindringen in den Charakter eines Werkes, sich begeistern für spannungsgeladenes Musizieren, und sie sollen mithilfe ihres Chorerlebens zu reifen Persönlichkeiten heranwachsen. Sie können die Menschen, die ihnen zuhören, mit ihrem Gesang berühren.

Wechselwirkung Solo- und Chorgesang

Von fachkompetenter stimmbildnerischer Arbeit an der individuellen Stimme profitiert der Chorklang. Da ich ein Gesangspädagogik-Studium absolvierte und nach meinem Studium einige Jahre im Konzert- und Oratoriumsfach konzertierte, unterrichtete ich neben meiner chordirigentischen Arbeit immer einzelne Chorsängerinnen, um sie solistisch auf den Weg zum Sologesang zu bringen; viele wurden Preisträgerinnen im Bundeswettbewerb »Jugend musiziert«. Schließlich stellte ich für alle Mädchen zusätzlich zur Chorarbeit professionellen Einzelunterricht bei erfahrenen Gesangspädagoginnen und -pädagogen bereit.

»Arbeit mit einem Chor bedeutet immer Arbeit am Klang.« Gudrun Schröfel

Gudrun Schröfel probt vor dem Konzert in der Elbphilharmonie Hamburg.

Viele nahmen nach ihrer Chorzeit ein Gesangstudium auf, etliche singen heute u. a. an Häusern wie der Hamburgischen Staatsoper, der Staatsoper Hannover, am Opernhaus Zürich, am Opernhaus Dessau, am Bremer Theater, im MDR Rundfunkchor oder im Chor des Bayerischen Rundfunks.

Wie dankbar bin ich, Sängerinnenpersönlichkeiten wie Helen Donath, Christiane Iven, Mareike Morr, Ania Vegry u. a. begegnet zu sein, die mit dem Chor konzertiert und einige Chormitglieder in ihren Gesangsklassen weiter ausgebildet haben. Zahlreiche Sängerinnen haben ihre stimmliche Grundausbildung im Mädchenchor Hannover erfahren.

Gesang-Einzelunterricht bietet den Choristinnen die Chance, solistisch zu singen, und fördert die Bühnenpräsenz bei Konzertauftritten. Der Chor profitiert von der abwechslungsreichen Programmgestaltung und Rezitals und unterstreicht damit die umfassende Ausbildung seines musikerzieherischen Konzepts von der Basis bis zur Professionalität des Konzertchors.

Gesellschaftliche Dimension

Bedingt durch die natürliche Entwicklung, dass eine Chorsängerin maximal bis zum Beginn ihres Studiums im Konzertchor bleibt, gibt es eine spürbare Fluktuation. Aber durch kontinuierliche Arbeit hat der Chor sein Leistungsniveau immer aufrechterhalten und erstaunlicherweise sogar gesteigert. Jede einzelne Person ist wichtig, wenn das künstlerische Ziel, auf höchstmöglichem Niveau zu musizieren, erreicht werden soll.

Die Wechselwirkung zwischen Individualität und Gemeinschaft sorgt für ein gutes Miteinander: singen und gleichzeitig aufeinander hören, ob der Klang mobil, flexibel, ausbalanciert und intonationsrein ist. Die Integration der individuellen Stimme in den Gesamtklang erfordert beim Umgang mit pubertierenden Jugendlichen besonderes Fingerspitzengefühl. Alle müssen bereit sein, sich um eine ausgefeilte, stilgerechte Parameterarbeit zu bemühen, um flexible, modulationsfähige und ausdrucksstarke Interpretationen zu erreichen und auf dieser Grundlage so spannungsvoll zu musizieren wie ein hochkarätiges Streichquartett.

Es ging stets um eine differenzierte melodisch-harmonische Gestaltung der Kompositionsstruktur. Mit Enthusiasmus und Inspiration, aber auch mit Führungskompetenz, erzeugten wir eine konzentriert-lustvolle, offene, tolerante und kreative Arbeitsatmosphäre, was besonders wichtig ist für die durchmischte Altersstruktur eines Jugendchors! Der Umgang mit den jungen Menschen auf Augenhöhe und die respektvolle Anerkennung ihrer Leistung verstärken den Willen, sich für die musikalische Gestaltung der Musik persönlich zu engagieren und die Arbeit auf hohem Niveau zu steigern.

Mir lag daran, dem Chor möglichst viel Verantwortung zu übergeben, mit verschiedenen Choraufstellungen zu experimentieren, mich in den Proben als Dirigentin entbehrlich zu machen. Ich installierte einen Chorrat, der bald selbstständig ein Betreuungssystem für die nachwachsenden jungen Chormitglieder entwickelte. Der Chor wurde zu einer eingeschworenen Gemeinschaft, zu einem kleinen kulturellen Zentrum, was sich sehr positiv auf das Chorleben und die Qualität der Konzerte auswirkte.

Fortwährend neue Herausforderungen stärkten den persönlichen Leistungswillen: Zahlreiche Preise, die der Chor bei nationalen und internationalen Wettbewerben errang, förderten das Selbstbewusstsein und die Musizierlust.

Literaturauswahl

Wichtigstes Kriterium der Werkauswahl ist die kompositorische Qualität, ganz gleich, ob es sich um einen Volksliedsatz oder um ein zeitgenössisches Werk handelt: Da bin ich niemals Kompromisse eingegangen, bin nie dem Mainstream gefolgt. Mein Anliegen war vielmehr, das europäische Kernrepertoire von der Renaissance bis ins 21. Jahrhundert lebendig zu erhalten, und den jungen Sängerinnen stimmlich-musikalisch zu stilsicherer Klangbildung und Interpretation zu verhelfen.

A-cappella-Werke aller Stilepochen gehören deshalb zu einem meiner Schwerpunkte in der Chorausbildung, ohne das klavierbegleitete und chorsinfonische Werk zu vernachlässigen. Das A-cappella-Repertoire als die Königsdisziplin der Chormusik stellt hohe Anforderungen an Rhythmik, Intonation, Artikulation, Phrasierung, Agogik, Homogenität des Klangs, Flexibilität der Stimmen, Modulationsfähigkeit des einzelnen Tones, Variabilität der Dynamik.

Neben den traditionellen Chorwerken galt es selbstverständlich, die zeitgenössische Musik zu fördern. Die jungen Chormitglieder müssen die Komponistinnen und Komponisten ihrer Generation kennenlernen. Uraufführungen zeitgenössischer Werke steigern die Qualität des Chors enorm und verhelfen zu einem schnelleren Lernprozess in der Erarbeitung traditioneller Literatur, weil sie die Blattsingfähigkeit trainieren.

Unsere CD-Aufnahmen führten dazu, dass weltweit renommierte Komponistinnen und Komponisten für den Mädchenchor schrieben. Uraufführungen von über 50 Auftragswerken unterstreichen die Leistungsstärke des Chors.

> *»Das Repertoire in einem Jugendchor ist curricular zu strukturieren.«* Gudrun Schröfel

Dass Komponistinnen und Komponisten wie Peter Eötvös, Toshio Hosokawa, Jan Müller-Wieland, Alfred Koerppen, Arvo Pärt, Knut Nystedt, Einojuhani Rautavaara, Steffen Schleiermacher, Tilo Medek, Petr Eben, Marcus Aydintan, Tobias Broström, Iris ter Schiphorst und Fredrik Sixten für den Chor schrieben und sogar zu uns in die Proben kamen, zeigte mir, dass der Chor sich inzwischen eine erstaunliche Wertschätzung, auch bei zeitgenössischen Komponistinnen und Komponisten, erworben hatte. Heute wird der Mädchenchor Hannover in einem Atemzug mit den renommierten deutschen Knabenchören wie den Thomanern, den Kruzianern, den Windsbachern und dem Knabenchor Hannover genannt.

Die Auftragswerke trugen auch zur Repertoireerweiterung der gesamten Kategorie gleichstimmiger Chöre bei. Einige sind in die Liste der Pflichtwerke bei Deutschen Chorwettbewerben eingegangen.

Die Programme des Chors interdisziplinär zu gestalten und durch neue Konzertformate auch ein Publikum zu erreichen, das nicht unbedingt an klassischer Chormusik interessiert ist, war mein Bestreben. Aus diesen Ideen entstanden neue Chorgenres.

Neben reinen Chormusikprogrammen bezog ich die benachbarten Künste wie Literatur, bildende Kunst, Tanz und Film ein, um den Bildungshorizont der Sängerinnen und des Publikums zu erweitern und die Vielseitigkeit des Chors zu unterstreichen.

In vielen Jahren intensiver Zusammenarbeit mit Milos Zilic, einem Choreographen der Niedersächsischen Staatsoper, entstanden eine Choroper, diverse Chorerzählungen, musikalische Szenen und zahlreiche Choreographien kleinerer und größerer Chorwerke. Durch die Erweiterung des Konzertrepertoires konnten sich die jungen Sängerinnen zugleich solistisch und szenisch ausprobieren und erfahren, wie anspruchsvoll es ist, auswendig zu singen und zu spielen.

Gudrun Schröfel dirigiert den Mädchenchor Hannover in der Hamburger Elbphilharmonie.

Die folgende Auswahl verschiedener Aufführungsformate zeigt die Vielfalt von spannenden und anspruchsvollen Projekten, in denen sich die jungen Sängerinnen musikalisch, stimmlich und persönlich weiterentwickeln konnten.

MUSIK UND SPRACHE
— Johannes Brahms »Gesänge für Hörner und Harfe«
  »Romanzen«, »Psalm 13« (Johannes Brahms)
  dazu: Briefwechsel Johannes Brahms und Clara Schumann
— »Heimaten«, Chorprogramm
  dazu: eigene Texte der Mädchen »Was bedeutet für mich Heimat in Verbindung mit dem Mädchenchor?«

MUSIK UND BEWEGUNG
— Choroper »Didos Geheimnis« (Andreas N. Tarkmann)
— Kantate-Choreographie »Folk Songs of the Four Seasons« (Ralph Vaughan Williams)
— Chorerzählungen »Die Rohre«, »Was die Alten sungen« (Volksliedzyklus), drei exemplarische Geschichten – Musik und Bewegung: Alfred Koerppen

MUSIKALISCHE SZENE
— »Hänsel und Gretel«, 1. Akt, 1. Szene (Engelbert Humperdinck)
— Musiktheater »Michael-Ende-Chorliederbuch« (Wilfried Hiller)
— Henry Purcell »King Arthur«

MUSIK UND TANZ
— »Willkommen, Bienvenue, Welcome« (Arr.: Jonathan Seers)
— »Sampo Cuditur« (Veljo Tormis)
— »Magnificat for a New Millennium« (Knut Nystedt)

MUSIK UND UNTERHALTUNG
— »Bei Dir war es immer so schön« (Arr.: Jonathan Seers)
— »Thank You for the Music« (Arr.: Jonathan Seers)
— »I Will Follow Him« (»Witchcraft«, Arr.: Jonathan Seers)
— »I Got Rhythm« (George Gershwin)
— »Fascinating Rhythm« (George Gershwin)

MUSIK UND FILM
— Musikfilm »Zauberwald« (Alfred Koerppen)
— Filmkonzerte mit der NDR Radiophilharmonie (RPH), jeweils vier Konzerte im Großen Sendesaal
— »Der Herr der Ringe: Die Gefährten« (J. R. R. Tolkien / Howard Shore), 2014
— »Das Parfüm« (Patrick Süskind / Tom Tykwer), 2016
— »Amadeus« (Antonio Salieri / Milos Forman)

MUSIK IM RAUM
— Inka-Kantate »Töchter der Sonne« (Andreas N. Tarkmann)
— Biblische Szene »Im Todesjahr des Königs Usija« (Pier Damiano Peretti)
— »Petites Voix« (Francis Poulenc)

JAZZ
— »The Duck and the Kangaroo« (Herwig Rutt)
— »The Owl and the Pussycat« (Herwig Rutt)
— »Like Someone in Love« (Arr.: Herwig Rutt)
— »What Are You Doing the Rest of Your Life« (Arr.: Herwig Rutt)
— »On a Clear Day« (Arr.: Herwig Rutt)

Da diverse Konzertformate integraler Bestandteil meiner Arbeit waren, wurde der Chor auch für verschiedene gesellschaftliche Anlässe und für ganz unterschiedliche Veranstaltungen engagiert: Konzerte mit dem ganzen Konzertchor, Ensembles bei Salon- und Benefizkonzerten, Umrahmung von Großveranstaltungen, Solorezitals mit Chormädchen, Mitwirkung bei Orchesterkonzerten des NDR und der Staatsoper sowie bei Gottesdiensten.

Mein Fazit:

Der Mädchenchor hat das gesamte Originalrepertoire von der tradierten Literatur bis hin zu avantgardistisch-experimenteller Musik zur Aufführung gebracht, mit über 50 Auftragswerken das Repertoire für gleichstimmige Jugendchöre erheblich erweitert, nationale und internationale Wettbewerbe gewonnen. Dennoch bleibt es ungeheuer spannend, Interpretationen immer wieder zu überdenken und zu verändern. Junge Menschen sollen die Musik ihrer Zeit kennenlernen und sie im eigenen Musizieren erleben. Chorsingen auf hohem Niveau – und besonders die Auseinandersetzung mit zeitgenössischen Kompositionen – erzeugt im Idealfall ein gemeinsames Streben nach Perfektion. Nicht zuletzt wegen seiner Programme, die sich durch stilistische Vielfalt auszeichnen, wird der Mädchenchor weltweit eingeladen.

Probenarbeit ist gemeinsames Streben nach Perfektion.

Zusammenarbeit mit Dirigentinnen und Dirigenten sowie Ensembles

Horizonterweiterung spielt eine große Rolle in der Chorerziehung junger Menschen. Sie sollen über das eigene chorische Umfeld hinaus den professionellen Konzertbetrieb kennenlernen und in Konzerten mit großem Orchester unter der Leitung namhafter Dirigentinnen und Dirigenten sowie unter Mitwirkung professioneller Solistinnen und Solisten und Ensembles musizieren.

Die Erfahrungen mit diversen Orchestern, Dirigentinnen und Dirigenten sowie die Mitwirkung bei den verschiedensten Veranstaltungsformaten und die kontinuierliche Begleitung durch Kammermusikensembles ließen den Chor tief eindringen in Partiturkenntnis, Instrumentenkunde und Opernregie. Besonders hervorheben möchte ich die Zusammenarbeit mit dem **City of Birmingham Symphony Orchestra** unter Andris Nelsons (Benjamin Britten, »War Requiem«), mit der NDR Radiophilhar-

Simon Halsey probt mit dem Mädchenchor Hannover.

Gustav Mahlers 8. Sinfonie im Kuppelsaal der Stadthalle Hannover.

monie unter **Andrew Manze** (Mahlers 2., 3., 8. Sinfonie), dem **Niedersächsischen Staatsopernorchester** unter **Christof Prick,** dem Kunstfestspiel-Orchester unter **Ingo Metzmacher,** (Schönberg, »Gurre-Lieder«; Berlioz, »Requiem«), mit **Gregor Bühl,** (NDR Radiophilharmonie, Brahms, »Psalm 13« u. a.), **Eivind Gullberg Jensen** (NDR Radiophilharmonie; Messiaen, »Trois petites liturgies de la présence divine«), **David Stern** (NDR Ring Barock; J. A. Hasse, »Laudate pueri«; Michael Haydn, »Missa Sancti Aloysii«), **Ludwig Wicki** und **David Reitz** (NDR Radiophilharmonie mit den Filmkonzerten »Herr der Ringe: Die Gefährten«, »Amadeus« und »Das Parfum«), **Enrique Mazzola** (NDR Radiophilharmonie; Gustav Holst, »Die Planeten/Sinfonie 4« u. a.), mit dem **Hochschulorchester der Hochschule für Musik, Theater und Medien Hannover** unter **Felix Prohaska** (Debussy, »Nocturnes, III. Sirènes«), bei der Mitwirkung bei Klassik Open Air unter **Keri Lynn Williams** (Puccini, »Tosca«, »La Bohème«; Verdi, »La Traviata«, »Rigoletto«) sowie die Zusammenarbeit mit professionellen Kammermusikensembles wie **ARTE, OKTOPLUS, Il gioco col suono, L'Arco** oder **Hannoversche Hofkapelle.** Ein besonderes Erlebnis waren fünf Konzerte (2016 und 2019) in der voll besetzten **Meistersingerhalle** mit den **Nürnberger Symphonikern.**

In Masterclasses und gemeinsamen Konzerten mit den **King's Singers,** mit **Voces8,** mit **Simon Halsey, Saeko**

NDR Klassik Open Air im Maschpark: Der Mädchenchor Hannover sang 2016 bei den Aufführungen der Oper »La Traviata« von Giuseppe Verdi.

Gemeinsames Konzert mit den King's Singers.

Konzerte und Konzertreisen

Mehr als 70 Konzertreisen führten den Chor in fast alle Länder Europas, in die USA, nach Israel, Russland, Japan, China, Südkorea, Brasilien und Chile. Wir durften in großartigen Konzertsälen singen: Suntory Hall Tokio, Nationaltheater Peking, Gewandhaus und Thomaskirche Leipzig, Kreuzkirche und Frauenkirche Dresden, Elbphilharmonie Hamburg, Konzerthaus Dortmund, WDR Köln, Meistersingerhalle Nürnberg, Bayerischer Rundfunk München, Radio Hilversum Niederlande, Kathedrale São Paulo, Palau de la Música Barcelona, Tianjin Concert Hall etc.

Da die Mädchen in vielen Ländern bei Gastfamilien wohnten, erlebten sie neben den Konzerten die fremde Kultur des jeweiligen Gastlandes intensiv, es entwickelten sich langjährige Freundschaften.

Hasegawa u. a. lernten die jungen Mädchen professionelle Arbeit in der A-cappella-Musik kennen. Dies und die Wertschätzung, die sie von den Profis erfuhren, spornten ihre Leistungsbereitschaft und ihr Engagement für den Chor immer stärker an.

Der Mädchenchor wurde immer wieder für repräsentative Aufgaben herangezogen, er erhielt Einladungen zu Konzerten in vielen europäischen und außereuropäischen Ländern.

Von **2000 bis 2019** sangen Terzette des Mädchenchors die **Knabenpartien** in der **»Zauberflöte«** unter den Intendanten Hans-Peter Lehmann, Albrecht Puhlmann und Michael Klügl.

Internationale Konzertreisen: Höhepunkte im Terminkalender des Mädchenchor Hannover.

Der Mädchenchor auf Konzertreise in Spanien.

Eintrittskarte zum Konzert des Mädchenchor Hannover in Hiroshima.

Konzertreise nach China 2016.

Andere Länder, andere Gewänder: Konzertreise nach Korea.

Ankunft vor der Elbphilharmonie.

Existenzielle Absicherung

Ein umfassendes vierstufiges Ausbildungssystem wie die Chor- und Singschule Mädchenchor Hannover mit seinen künstlerisch fachkompetenten Mitarbeiterinnen und Mitarbeitern Gabriele und Georg Schönwälder, Swantje Bein und den Stimmbildnerinnen und Stimmbildnern Ania Vegry, Claudia Erdmann, Alexandra Dieck, Uta Mehlig und Jörg Erler benötigt ein professionelles Management: Mit Julia Albrecht und später Johannes Held, Juliane Eichler und Doris Pfeiffer konnte ich ein Team gewinnen, das mit intensiver, zuverlässiger Arbeit für ein selbstverständliches Funktionieren der Organisationsstruktur sorgt.

Dem Vorstand und dem Freundeskreis fügte ich die Stiftung Mädchenchor Hannover hinzu. Es gelang mir, ein Netzwerk wichtiger Persönlichkeiten aus Wirtschaft, Kultur und Politik für die Besetzung des Kuratoriums zu gewinnen. Die Stadt Hannover und das Land Niedersachsen erweisen dem Chor Wertschätzung durch institutionelle Förderung und durch die Ernennung zum kulturellen Botschafter der UNESCO City of Music; die großen Stiftungen unterstützen Projekte wie Konzerte, Reisen und CD-Aufnahmen.

Mithilfe all dieser Gremien und vieler privater Förderer konnte der Mädchenchor nach einer fünfjährigen Plan- und Bauphase in ein eigenes Chorhaus mit einem hervorragenden Probensaal in der Christuskirche einziehen.

Mein großer Dank gilt Prof. Dr. Susanne Rode-Breymann, der Präsidentin der Hochschule für Musik, Theater und Medien, die maßgeblich dazu beigetragen hat, dass eine Kooperation zwischen der Musikhochschule Hannover und dem Mädchenchor geschlossen werden konnte.

Die Finanzierung einer Stiftungsprofessur durch den Altkanzler Gerhard Schröder, durch Doris Schröder-Köpf und durch Carsten Maschmeyer hat diese Kooperation ermöglicht.

Ich wollte für meine Nachfolge bestmögliche Arbeitsbedingungen bereitstellen und bin sehr froh, dass ich dem Chor neben meiner künstlerischen Leitung ein gut funktionierendes Management, eine seriöse finanzielle Grundsicherung, ein eigenes Probendomizil und eine Stiftung schaffen konnte.

Die Kooperation des Mädchenchor Hannover mit der Hochschule für Musik, Theater und Medien Hannover ist eng verknüpft mit der Präsidentin der Hochschule, Prof. Dr. Susanne Rode-Breymann; es ist ihrer intelligenten Zukunftsplanung und intensiven Überzeugungsarbeit zu verdanken, dass diese deutschlandweit einmalige Kooperation zustande gekommen ist.

Der Mädchenchor und Andreas Felber beim Neujahrskonzert 2020 in der Staatsoper Hannover.

»Ich möchte ganz sorgfältig Neues hinzufügen ...«

Andreas Felber (*1983) ist der dritte Chorleiter in der Geschichte des Mädchenchor Hannover. Erste Erfahrungen als Sänger und später als Dirigent machte Andreas Felber bei den Luzerner Sängerknaben. Er studierte Chorleitung bei Ulrike Grosch und Stefan Albrecht sowie Gesang bei Liliane Zürcher an der Musikhochschule Luzern und schloss beide Ausbildungen mit Auszeichnung ab. Felber besuchte Workshops und Meisterkurse für Dirigieren und für Gesang bei Ton Koopman, Anders Eby, Jakob Stämpfli, Klaus Mertens und Margreet Honig. Von 2011 bis 2015 dirigierte er außerdem den Schweizer Jugendchor zusammen mit seinem Kollegen Dominique Tille. In ganz Europa begeistert der Chor mit seiner hohen Qualität und dem energievollen Auftreten. Dies führte u. a. zu einem zweiten Preis am Internationalen Kammerchor-Wettbewerb in Marktoberdorf. Seit 2017 hat er eine Stiftungsprofessur des Landes Niedersachsen für Chorleitung an der Hochschule für Musik, Theater und Medien Hannover inne, die mit der künstlerischen Leitung des Mädchenchor Hannover gekoppelt ist.

Andreas Felber

INTERVIEW

Bereits vor seiner aktiven Zeit als künstlerischer Leiter hat ihn der Klang dieses Chors beeindruckt. Im Gespräch mit Ulrike Brenning erläuterte er im Mai 2021, welche Ziele er mit dem Chor erreichen möchte und wie er nach der langen Pause aufgrund der Pandemie den Chor auf das Jubiläumsjahr vorbereitet.

• **Ulrike Brenning:** Lieber Herr Felber, der Mädchenchor Hannover begeht im Jahr 2022 sein 70-jähriges Bestehen. Sie sind seit 2017, zunächst in der Doppelspitze mit Frau Schröfel, und seit 2019 der alleinige künstlerische Leiter des Mädchenchors. Was verbinden Sie mit diesen fünf Jahren und mit dem Chor?

— **Andreas Felber:** Ich verbinde sehr viele Erinnerungen mit dieser Zeit. Es ist für mich auch erstaunlich, dass es 2022 erst fünf Jahre sind – beziehungsweise jetzt gerade sind es ja erst vier Jahre. Das scheint in meiner Wahrnehmung schon eine deutlich längere Zeit zu sein, weil doch so viel passiert ist. Wir waren sehr aktiv, haben viele Projekte durchgeführt, und dann gab es diesen großen Einschnitt der Pandemie im vergangenen Jahr.

Aber davor war wahnsinnig viel los: Ich erinnere mich an viele schöne, tolle Konzerte, an Konzertreisen, vor allem auch an die Chorstudienfahrten nach Frenswegen, bei denen man die Mädchen noch mal ganz anders kennenlernt. Da sind viele Momente dabei, die mir in Erinnerung geblieben sind, aber auch viele einzelne kleine Situationen in Proben und auch in Pausen dazwischen, in denen ich Kontakte mit den Mädchen hatte, sie mir etwas erzählt haben, oder wenn wir in Probensituationen – als wir das noch durften – einfach tolle Momente erlebt haben; das verbinde ich mit dieser Zeit. Natürlich auch viel harte Arbeit, aber auch sehr viel, was zurückkommt, sowohl vom Publikum als eben auch von den Mädchen selbst. Und dann waren für mich die vergangenen Jahre erst mal ein Kennenlernen der Stadt Hannover, ein Kennenlernen des Mädchenchors, der gesamten Struktur und aller Personen, die daran beteiligt sind. Und diese Zeit war natürlich auch von intensivem Austausch mit Gudrun Schröfel geprägt.

• Der Mädchenchor ist seit Jahrzehnten auf einem konstant hohen Niveau, sängerisch, musikalisch, künstlerisch. Und wenn ein Chor nach vielen Jahren – egal, ob es sich um einen Jugendchor oder einen Erwachsenenchor handelt, der mindestens semiprofessionell arbeitet – an eine neue künstlerische Leitung übergeben wird, dann ist das immer ein großer Prozess. In diesem konkreten Fall des Mädchenchor Hannover treten Sie zudem ein wirklich traditionsreiches Erbe an. Wie gehen Sie dabei vor?

— *Ich habe natürlich schon, bevor ich die Stelle antrat – aber auch in der Zeit danach –, viel angehört und angeschaut: Was hat der Chor schon gemacht, wie klingt dieser Chor? Der Mädchenchor war mir ja schon lange vorher bekannt. Ich hatte ihn auch schon vor Jahren live gehört und wusste, wie der Chor klingt. Das ist ja immer auch ein Markenzeichen, und da war mir besonders wichtig, jetzt in dieser*

Übergangszeit möglichst viel von dem mitzunehmen, was schon da ist: Was zeichnet diesen Chor aus?

Ich habe diesen Chor übernommen und habe diese Stelle angetreten, weil ich den Klang und die Einstellung dieses Chors schätze. Ich bin nicht gekommen mit dem Gedanken: Ich will jetzt alles anders machen – sondern im Gegenteil. Ich bin gekommen, weil ich denke: Dieser Chor passt zu mir, zu meiner Herangehensweise an Chorliteratur und an Stilistik. Ich möchte ganz sorgfältig Neues hinzuzufügen – zu etwas, was eine große, jahrzehntelange Erfolgsgeschichte ist. Da ist es besonders wichtig, dass man behutsam mit Neuerungen ist. Aber die eigenen Vorstellungen müssen trotzdem zum Tragen kommen. Ich gehe da langsam vor, denn es sind wichtige Prozesse. Die Mädchen müssen lernen, oder besser: Sie müssen dahin geführt werden, was jetzt neu ist, ohne dass ich sage: »So, das machen wir jetzt alles ganz anders.« Vielmehr passiert das bei der Arbeit ganz automatisch. Jede Chorleiterin, jeder Chorleiter hat ihre beziehungsweise seine eigene Handschrift. Die erkennt man relativ schnell, und das – vielleicht in Sachen Klangarbeit – ist auf jeden Fall etwas, was ein bisschen Zeit braucht, aber dann mit der Zeit recht selbstverständlich kommt.

Für die Programmplanung habe ich mir zunächst einmal angeschaut, was es schon gibt. Denn ist ja sehr viel für den Mädchenchor geschrieben worden – auch das war ein Anreiz für mich, weil ich neue Musik mag, in diesem Notenarchiv zu stöbern und zu sehen: Was könnte man da noch neu hinzufügen? Und in welche Richtung ging es eventuell bisher noch nicht? Was könnten neue Wege sein? Und dann aber eben auch gewisse Traditionen beizubehalten, vielleicht ein bisschen zu verändern, aber ich habe auch sehr schnell gespürt: Da ist ein großes Traditionsbewusstsein im Chor und um den Chor herum vorhanden, sodass man da nicht das Programm komplett umstellen will.

Es gibt gewisse Traditionen wie ein Neujahrskonzert, wie die Weihnachtskonzerte oder wie die Chorstudienfahrt nach Frenswegen, an denen erst mal nicht gerüttelt werden sollte, und das ist auch richtig so. Es ist erstaunlich, wie groß das Traditionsbewusstsein bei den Mädchen bereits in jungen Jahren ist, wenn schon von den Jüngsten, die noch gar nicht so oft da waren, viele sagen: »Ich will immer nur nach Frenswegen fahren und nirgendwo anders hin.« So war es für mich wichtig, das alles kennenzulernen und dann in gewissen Punkten neue Wege zu gehen.

• **Ich würde gern auf einen Aspekt näher eingehen, den Sie eben mehrfach genannt haben: den Klang des Chors. Sie sagten, das sei so etwas wie ein Markenzeichen. Wenn Sie jetzt mal intuitiv beschreiben, was dieser Klang bei Ihnen, als Sie noch nicht Leiter des Mädchenchor Hannover waren, ausgelöst hat zu sagen: Der Chor passt zu mir!**
— Es ist diese Tiefe im Klang, eine Mehrdimensionalität, die nur kommt, wenn man sich intensiv mit der Stilistik der betreffenden Werke auseinandersetzt und wenn man das stimmlich tatsächlich umsetzen kann. Das ist etwas, was meines Erachtens nicht sehr oft vorkommt, gerade bei so jungen Chören. Dass man hört, dass da eine stimmliche Arbeit geleistet wurde, die es ermöglicht, eben diese Mehrdimensionalität im Klang, diese Räumlichkeit zu schaffen. Es gibt dann eine Intensität und eine Wärme im Klang, die man nur so erreichen kann. In der romantischen Literatur hört man das meiner Meinung nach ganz besonders. Und das ist erstaunlich mit diesen jungen Stimmen. Das war für mich das Faszinierende, als ich den Chor gehört habe.

• **Sie haben eben auch gerade beschrieben, wie lange Ihnen diese vier Jahre erscheinen, demnächst sind es fünf Jahre – bedingt auch durch die hohe Ereignisdichte.**

»Es ist diese Tiefe im Klang, eine Mehrdimensionalität, die nur kommt, wenn man sich intensiv mit der Stilistik der betreffenden Werke auseinandersetzt und wenn man das stimmlich tatsächlich umsetzen kann.«
Andreas Felber

Und dann hat die Corona-Pandemie Ihnen ja in der direkten Kontaktaufnahme, in der direkten Arbeit mit dem Chor einen dicken Strich durch die Planung gemacht, und die Chorarbeit ist für jeden Chor immens erschwert. Es ist eine enorme Herausforderung, die künstlerische Pläne massiv durchkreuzt. Wo sehen Sie trotz dieser Schwierigkeiten künstlerische Nahziele, die Sie erreicht haben oder demnächst erreichen möchten?

— Darüber habe ich viel nachgedacht. Im Moment ist das so eine Sache mit Zielen. Pläne werden leider oft durchkreuzt. Wir haben immer wieder wahnsinnig viele Konzepte entwickelt, vieles für den Papierkorb, weil es dann einfach doch anders kam als erhofft. Deswegen tue ich mich ein bisschen schwer mit Zielen. Mein großes Ziel ist, sobald wir wieder arbeiten können, diesen Chor so schnell wie möglich wieder an den Punkt zu bringen, an dem wir vor der Pandemie waren, sodass die Arbeit weitergehen kann. Das wird eine große Herausforderung sein, den Chor wieder so zusammenzubringen, vor allem auch die Gemeinschaft, die wir händeringend versuchen zu erhalten, und das mit allen möglichen Formaten.

Diese Verbundenheit innerhalb des Chors müssen wir über diese Zeit retten, ohne dass die Chormitglieder sich und wir uns sehen dürfen, und ohne dass sie in Pausen miteinander sprechen, sich erzählen, was sie alles gemacht haben und in Frenswegen zusammen sind, denn das geht ja momentan alles nicht. Das wiederherzustellen, ist mein großes Ziel, und vor allem eben auch diese Energie wiederaufzubauen, die dann hoffentlich kommt. Ich gehe fest davon aus, dass, wenn wir wieder starten dürfen, wir mit Vollgas loslegen, um möglichst schnell an einem Punkt zu sein, an dem wir endlich wieder auf hohem Niveau Musik machen können. Gerade bei so jungen Stimmen wird man natürlich merken, wenn da ein Jahr oder noch mehr in der Ausbildung nicht in der gewohnten Intensität geübt und geprobt werden konnte. Wir haben natürlich die gesamte Zeit über Ersatzlösungen angeboten. Wir haben immer geprobt, außer in den ersten drei Wochen des Lockdowns im März 2020, aber halt immer mit mehr oder weniger guten Alternativen. Nichts ersetzt eine normale Chorprobe, wie wir es gewohnt waren. Das aufzuholen und möglichst schnell wieder reinzukommen, das ist ein großes Ziel.

Blick in die Zukunft: Andreas Felber plant weitere Auftragskompositionen für den Mädchenchor Hannover.

Im Moment bin ich mit Programmen und Konzerten vorsichtig, weil wir schon so viel streichen mussten, sodass wir einfach im Moment von Woche zu Woche schauen, wie die Bedingungen sind. Natürlich planen wir für das Jahr 2022, das dann ja ein großes Jahr für den Mädchenchor sein wird, und das ist natürlich mein Ziel, bis dahin wieder voll leistungsfähig zu sein.

• Ihre Antwort macht eine weitere Frage nach ferneren Zielen jetzt gar nicht so möglich, weil Sie dem Ziel insgesamt ja eher eine Absage erteilt haben, da sie sich so im Moment ja nicht verwirklichen lassen. Aber vielleicht als Vision, als Wunsch, wenn der Chor wieder in der Weise arbeiten kann, wie es ihn insgesamt künstlerisch und sängerisch voranbringt: Was schwebt Ihnen da vor – ich sage mal in zwei, drei Jahren?

— *Mir schwebt vor, dass wir weiterhin, wie es auch schon in der Vergangenheit der Fall war, Auftragskompositionen verteilen, dass wir interessante junge wie auch tolle etablierte Komponistinnen und Komponisten finden, die exakt für den Mädchenchor schreiben können, und wir neue Literatur für den Chor erhalten. Wir haben ja aktuell einige beauftragt, da sind also schon Stücke im Wartestand, die wir einfach im Moment nicht aufführen dürfen. Aber es gilt, dieses Repertoire kontinuierlich zu erweitern. Mein Ziel ist es auch, noch mehr inszenierte Chormusik zu machen, also die Mädchen nicht nur stimmlich, sondern eben auch interdisziplinär zu fordern, sie noch auf eine neue Ebene zu bringen, dass sie mit dem Singen eine weitere Komponente verbinden, nämlich sich auch mit Bewegung in etwas hineinzuversetzen, um das, was ja beim Singen auch schon wichtig ist, noch zu intensivieren, indem man eben etwas auch spielen muss. Ein weiteres Ziel ist es, mein Klangideal für den Chor noch deutlicher herauszuarbeiten.*

• Die Formation eines Chors mit ausschließlich Frauenstimmen, wie es ja der Mädchenchor ist, ist bei uns in Deutschland – anders als beispielsweise in Skandinavien – nach wie vor eine Besonderheit und bezieht daher auch einen besonderen künstlerischen Anspruch. Welche Chancen und Möglichkeiten sehen Sie da in Ihrer aktiven Arbeit mit dem Mädchenchor Hannover?

— *Das ist eine ganz wichtige Aufgabe des Mädchenchor Hannover, weil es eben im deutschsprachigen Raum nicht sehr viele Ensembles dieser Kategorie gibt, die auf diesem hohen Niveau singen. Es gibt zum Glück immer mehr Mädchenchöre, aber wenn man sich das Repertoire anschaut, dann ist schon auch auffällig, wie viel relativ einfache Literatur es in dieser Gattung gibt. Da ist es auch eine Aufgabe für den Mädchenchor, dieses künstlerisch hochstehende Repertoire zu pflegen und zu erweitern. Der Mädchenchor Hannover hat auch eine Botschafterfunktion für andere Mädchenchöre, die auch dahin wollen und dieses Repertoire erweitern wollen, damit diese Besetzung immer noch spannender wird.*

Es gibt schon viel mehr Literatur für Mädchenchöre, als es noch bis vor einigen Jahren gab, aber da gibt es weiterhin viel zu tun. Es besteht natürlich ein großer Unterschied

»Der Mädchenchor Hannover hat auch eine Botschafterfunktion für andere Mädchenchöre.«
Andreas Felber

zum Repertoire für einen gemischten Chor, aber es gibt auch Perlen aus dem Barock oder der Romantik für einen Frauenchor. Stücke, die nicht so bekannt, aber doch sehr gut sind.

Dann gilt es zusätzlich zum Repertoire auch die Position der Mädchenchöre zu stärken, dass sie nicht nur eine Begleiterscheinung der Knabenchöre sind, sondern eben eigenständige Ensembles, die genauso qualitativ hochwertig musizieren können wie die schon seit Jahrhunderten existierenden Knabenchöre.

• Was ist der Mädchenchor Hannover für Sie über diese anspruchsvolle künstlerische und musikalische Arbeit hinaus?

— Ja, das zeigt sich – wie schon gesagt – immer auch in diesen speziellen Phasen. Auf Konzertreisen, in unserer Chorwoche in Frenswegen; da werde ich immer wieder überrascht von Dingen, die ich nicht erwartet hätte. Es gibt beispielsweise in Frenswegen diesen Abschlussabend, den die Mädchen absolut eigenständig organisieren und gestalten. Das ist immer sehr lustig, und es macht viel Spaß zu sehen, was sie sich überlegt haben – und sie sind wahnsinnig kreativ. Das sieht man auch während des gesamten Jahres immer wieder, wenn wir beispielsweise fragen, ob jemand mal einen Text schreibt: Was dann da kommt, das ist schon erstaunlich, diese Energie von den Mädchen, von diesen jungen Leuten. Das ist immer wieder sehr erfreulich und toll zu sehen.

6

Der Mädchenchor Hannover in den 1980er Jahren vor dem Großen Sendesaal im NDR Landesfunkhaus Niedersachsen.

Lebensbilder und Lebenswege

Ehemalige Chorsängerinnen und
ihre Eltern erinnern sich

Klingende Gemeinschaft	108
Interview *Katharina Held / Ania Vegry*	119
Die Mädchenchor-Eltern	122

30 Jahre später: Der Mädchenchor Hannover singt im Neujahrskonzert in der Staatsoper Hannover.

Klingende Gemeinschaft

Gemeinsames Arbeiten am Chorklang, gemeinsame Konzerte, Reisen und Probenphasen: Das bestimmt die Jahre im Mädchenchor Hannover, und das gemeinsam Erlebte prägt die Mädchen.

Die harte Probenarbeit an einer einzigen musikalischen Phrase, die hohe Aufmerksamkeit über Stunden, aber auch die ausgelassene Freude über ein gelungenes Konzert oder während der Probenphase in Frenswegen, die Aha-Erlebnisse in der Stimmbildung, die Chance, großartige Werke singen zu können und mit Uraufführungen neue Stücke in die Welt zu bringen – all das bleibt in lebendiger Erinnerung, wenn die jungen Frauen den Mädchenchor Hannover verlassen. Meistens ist es der Zeitpunkt nach dem Abitur, wenn sie ins Studium gehen. Sie nehmen etwas Wertvolles mit, denn die Jahre in dieser klingenden Gemeinschaft, die sie selbst mitgestaltet haben, sind für die Persönlichkeitsentwicklung von großer Bedeutung.

Hinter dieser Entwicklung stehen die Teammitglieder des Mädchenchors – und die Eltern. Auch für sie sind die Jahre, in denen ihre Töchter im Mädchenchor Hannover singen, prägende Jahre, denn der Chor zieht seine Kreise bis in den Familienalltag. Die Ferienplanung, die Fahrdienste, die Motivationskünste – falls die Begeisterung für den Chor sich mal in Grenzen hält – bilden Konstanten in den Familien.

Viele ehemalige Mädchenchor-Sängerinnen haben ein Gesangs- oder Musikstudium abgeschlossen und sind inzwischen als erfolgreiche Sängerinnen auf Bühnen und in Konzertsälen gefragt. Aber auch diejenigen, die ein anderes Studium wählen und anschließend einen anderen Beruf ergreifen, schildern einhellig, wie sehr sie von der über Jahre erlernten Disziplin, dem Durchhaltevermögen und der Konzentrationsfähigkeit in ihrem Berufsalltag profitieren. Was alle eint, ist ein hohes Teambewusstsein.

Der Gedanke, den Mädchenchor eines Tages verlassen zu müssen, löst bereits vorher Sorgen und Zweifel aus. Auch Trauer mischt sich hinein – so stark ist die Gemeinschaft, dass sich viele der Mädchen und jungen Frauen ein Leben ohne den Chor gar nicht vorstellen können, geschweige denn wollen.

Für die Chorleiterin Gudrun Schröfel sind diese Gedanken und Gefühle seit Generationen eine Anerkennung, die ganz von Herzen kommt.

Wohl jede Sängerin im Konzertchor des MCH hat für sich festgestellt, dass es prägende Jahre ihres noch so jungen Lebens waren. Will man einen musikalischen Vergleich anstellen, ist die Zeit im Mädchenchor Hannover eine große Ouvertüre – für diejenigen, die in einen Musikerinnenberuf gehen ebenso, wie für diejenigen, die einen anderen Beruf wählen.

> Guten Abend Frau Schröfel,
> Ich weiß, ich bin oft sehr anstrengend und nicht unbedingt eine der besten im Chor, doch ich gebe mir sehr viel Mühe und singe sehr gerne hier im Chor. Vielleicht bessere ich mich ja noch. Ich freue mich sehr darüber, im Mädchenchor Hannover zu sein. Es kann zwar manchmal anstrengend sein, doch es ist immer mit viel Spaß verbunden. Sie geben einem das Gefühl, etwas besonderes zu sein und sind immer sehr freundlich zu uns. Ich wünsche Ihnen eine angenehme Nacht und hoffe, sie haben genug Schlaf, denn:
> „Eine gute Stimme braucht acht Stunden Schlaf!"
> ~ Ihre Vicky
> aus dem ersten AH.

— **Der Mädchenchor Hannover** ist meine Heimat, meine DNA als Musikerin, als artiste lyrique.

Stimme und Musik, Bewegung, Szene.

Ich durfte dort wachsen, blühen, tanzen, spielen, a capella, mit Orchester, solo, in verschiedensten Sprachen, verschiedensten Ländern der Erde, Konzertsälen, Funkstudios, Sälen, bei Wettbewerben, an Probenorten, durch alle Epochen der Musikgeschichte hindurch, Liebe weckend für das »Jetzt« lyrischer Werkschöpfung.

Meine Jugend war der Chor. Die Gemeinschaft meine zweite Familie.

Jedes aufgeführte, aufgenommene Werk, jede Uraufführung, Silbe, Betonung, dynamische, agogische Wendung ist in meine Seele tätowiert.

Und WIR – vor allem der erste Sopran mit Steffi, Katha, Shalini, Ania und so vielen anderen – waren meine Muschel.

Das Singen lebt in mir als mein kostbarster Schatz.

Josefine Göhmann

— Von der kindlichen Träumerin zur Mezzosopranistin

Da ich mit sieben Jahren in den Chor aufgenommen wurde, hatte ich das Glück, alle vier Stufen des Chors zu erleben. Ich erinnere mich mit großer Wärme und Dankbarkeit an alle Lehrerinnen und Lehrer, die mit uns gearbeitet haben.

Alle gingen auf ihre ganz persönliche Art mit uns Mädchen um. Wir haben verschiedene Chorstücke gelernt, die für das jeweilige Alter und unser inneres Verständnis geeignet waren. Das ermöglichte mir, dass sich klassische Musik einfach und spielerisch in meinem Herzen »einleben« konnte. Gleichzeitig übte ich weiterhin Sologesang, da ich ja unbedingt Opernsängerin werden wollte und gewann meinen ersten Wettbewerb »Jugend musiziert« mit neun Jahren.

Der Mädchenchor war nicht nur ein Hobby für mich. Die Proben lehrten mich Disziplin und Genauigkeit, und die Konzerte gaben mir unschätzbare Erfahrungen auf der Bühne, von denen die ich jetzt als Künstlerin sehr profitiere. Unvergessliche Momente waren zum einen natürlich die großartigen Konzertreisen in und außerhalb Europas (ich bin nach Belgien, Frankreich und Slowenien mitgefahren), zum anderen die Chortage im Kloster Frenswegen im Sommer, die uns Gelegenheit boten, ein neues und interessantes Musikprogramm für das nächste Jahr vorzubereiten und Zeit mit dem gesamten Chor und seinen Chorleiterinnen und -leitern zu verbringen. Ich erinnere mich sehr gerne daran, dass Frau Schröfel uns nach anstrengender Arbeit zur Entspannung Eis spendierte.

Es fiel mir sehr schwer, den Mädchenchor nach zehn Jahren zu verlassen. Der Chor war für mich eine große musikalische Familie unter der Leitung von Gudrun Schröfel, die mit ihrer fachlichen Kompetenz und ihrem unermüdlichen Engagement für uns Mädchen prägend für mich war.

Aber ich wollte meinem Traum näherkommen und deshalb machte ich nach dem Schulabschluss eine Aufnahmeprüfung an der Hochschule für Musik, Theater und Medien Hannover. Zurzeit studiere ich dort Gesang bei Prof. Marina Sandel und Liedgestaltung bei Prof. Jan Philip Schulze.

Ekaterina Chayka-Rubinstein

— Durch meine Zeit

im Mädchenchor und die Arbeit mit Gudrun Schröfel habe ich früh begonnen, mich nicht nur als Sängerin, sondern vor allem als Musikerin zu begreifen. Im Chor habe ich erfahren, dass Musik noch schöner und intensiver wird, wenn man sie mit anderen teilt. Ich bin sehr dankbar, dass ich so früh Musik aus allen Epochen vom Barock bis hin zu zahlreichen Uraufführungen mit all ihren unterschiedlichen Facetten entdecken durfte. Von den Erfahrungen im Mädchenchor profitiere ich bis heute.

Anna Mengel

— **Im Chor zu singen,** ist für mich Gemeinschaft, schwingende, klingende Energie – eine fundamentale und prägende Erfahrung. In meiner Familie gibt es keine professionellen Musiker, daher hat der Mädchenchor unter der Leitung von Gudrun Schröfel meinen Horizont erweitert und mich in der Entscheidung, mein Leben in und mit der Musik zu verbringen, gestärkt. Die musikalische Arbeit auf höchstem Niveau hat mir auch in späteren Arbeits- und Lebensphasen eine Basis gegeben, auf die ich bis heute zurückgreifen kann. Meine Freundschaften, die ich im Mädchenchor geschlossen habe, sind tief und innig. Dafür bin ich sehr dankbar!

Ana-Josefina Nickele

— **Das erste Mal,** dass ich den Mädchenchor gesehen und gehört habe, war im Fernsehen, es lief zufällig ein Beitrag zum 50. Jubiläum des Chors. Direkt danach habe ich meiner Mutter gesagt: Ich möchte da auch mitmachen!

Im Nachhinein bin ich sehr dankbar über diesen Zufall. Ich denke, er hatte starken Einfluss darauf, wer ich heute bin und was ich mache. Im Chor verband uns alle natürlich die Lust am Singen, aber auch die Bereitschaft, Zeit und Energie für das gemeinsame musikalische Ergebnis zu investieren. Wir haben von unserer damaligen Chorleiterin Gudrun Schröfel gelernt, wie wichtig Disziplin, Durchhaltevermögen und Verlässlichkeit sind, um ans Ziel zu kommen. Für diesen Einsatz wurden wir mit unzähligen tollen Auftritten belohnt, häufig zusammen mit richtigen Profis. All das machte mir so viel Spaß und weckte in mir mehr und mehr den Wunsch, mein geliebtes Hobby eines Tages zum Beruf zu machen. Mittlerweile stehe ich kurz vor dem Bachelorabschluss meines Gesangsstudiums, singe immer mehr Konzerte und durfte sogar schon die Hauptrolle in einer Opernproduktion am Theater Osnabrück übernehmen. Das alles wäre ohne den Mädchenchor nie möglich gewesen, und ich halte es für ein großes Geschenk, dass ich ein Teil dieser tollen Gemeinschaft sein durfte.

Maria Rüssel

— **Wie beeinflusste der MCH mein Leben und die Berufswahl?**

2008 die Schule zu verlassen, fiel mir bedeutend leichter, als meinem MCH Adieu zu sagen: Acht ereignisreiche Jahre mit den Mädchen lagen hinter mir und die China-Reise, für die ich die ersten beiden Wochen meines Medizinstudiums in Lübeck ausfallen ließ, war der krönende Abschluss einer glorreichen Zeit. Bei unserem letzten Konzert in Macao, dem Las Vegas Chinas, kämpfte ich angesichts des Endes dieses wunderbaren Abschnittes schon bei Zugabe zwei mit den Tränen – wir sangen an diesem Abend vor einem begeisterten Publikum sieben …

Fürs Leben prägend ist vor allem das Gemeinschaftsgefühl, das mir im Mädchenchor vermittelt wurde: gemeinsam diszipliniert an einer Sache zu arbeiten und sie zur Perfektion zu bringen, punktgenau Höchstleistungen abzurufen und die eigene Individualität im Interesse des Gesamtkunstwerkes zurückzustellen, dabei stets genau zu wissen, dass man sich aufeinander verlassen kann. Dieses Gemeinschaftsgefühl entsteht im Mädchenchor nicht nur bei Auftritten, sondern auch in der kontinuierlichen Probenarbeit und bei unzähligen Ritualen. Mit Leidenschaft gemeinsam zum Ziel. Im Chor lernte ich, mich und andere zu organisieren. Das passiert ganz automatisch: Als »Kleine« wird man an die Hand genommen und mit wachsender Erfahrung übernimmt man selbst Verantwortung und ist irgendwann eine der »Großen«, zu denen man einst ehrfurchtsvoll aufgeblickt hat. Prägend ist auch die Erkenntnis, dass sich in Chören ein ausgesprochen netter Schlag Mensch versammelt. Meine besten Freundinnen aus der Schulzeit stammen nicht aus der Schule, sondern aus dem Chor.

Der Arztberuf hat in meiner Familie Tradition, und ob die Betreuung der Chorapotheke meinen Berufswunsch maßgeblich beeinflusst hat, weiß ich nicht. Das Interesse an Stimme und Gehör hat die Zeit im MCH aber sicher geweckt, und so meine Facharztwahl und die Entscheidung für die Hals-Nasen-Ohren-Heilkunde beeinflusst. Ein positiver Nebeneffekt ist, wenn man mit hörgeschädigten Patienten arbeitet, die eigene Stimme auch über längere Zeit gut gestützt einsetzen zu können. Erst kürzlich meinte eine Patientin vor einer Ohroperation zu mir: »Wenn alle so sprächen wie Sie, bräuchte ich keine Hörgeräte!« Für dieses Handwerkszeug bin ich dankbar.

Ich wünsche dem MCH, dass er vielen weiteren Generationen von Mädchen eine Heimat ist, und allen aktiven Sängerinnen, dass sie ähnliche Erfahrungen im Mädchenchor sammeln dürfen!

Dr. Marianne Hedderich

— **Die Zeit im Mädchenchor** hat mich auf ganz besondere Art geprägt. Und nicht nur, weil ich immer noch sämtliche Volks- und Weihnachtslieder von der ersten bis zur fünften Strophe in drei Stimmen textsicher auswendig singen kann, oder weil ich einfach den Großteil meiner Freizeit zwischen sechs und 18 Jahren mit Proben und Konzerten verbracht habe. Nein, ich denke, dass man etwas Einzigartiges erlebt und für das ganze Leben mitnimmt, wenn man seine Jugend im Mädchenchor verbringt.

Tatsächlich wird das sehr deutlich, wenn man eine Chorschwester nach etlichen Jahren wiedertrifft. Das vertraute Gefühl und die Verbundenheit sind sofort wieder da. Und immer enden diese Treffen in zahllosen »Weißt-du-noch?« und Ansingen etlicher Textpassagen oder Vogelstimmen aus dem »Zauberwald« – auch wenn es nur ein zufälliges Aufeinandertreffen beim Bäcker war.

An das Vibrieren des Notenblattes in meiner Hand und die Gänsehaut erinnere ich mich bis heute, als in meiner ersten Konzertchorprobe 80 Mädchen um mich herum gleichzeitig angefangen haben zu singen. Dieses Gefühl, Teil eines großen Ganzen zu sein und dazuzugehören, war jederzeit präsent im Mädchenchor. Und doch war klar, dass es auf jede Einzelne ankommt.

Aus meiner Mädchenchor-Zeit nehme ich genau dieses Urvertrauen und diese Verbindlichkeit mit, die mich durch mein ganzes Leben und auch durch meine berufliche Laufbahn begleiten.

Das Urvertrauen, ein wichtiger Teil der Gemeinschaft zu sein und von Anfang an dazuzugehören. Jede Einzelne wurde in ihren Stärken und Eigenschaften gefördert und unterstützt, da nur so das große Ganze erreicht werden konnte. Ich hatte das Gefühl, dass wir gemeinsam alles schaffen konnten und wir uns gegenseitig gestützt haben.

Die Verbindlichkeit, dass es auf jede Einzelne ankommt. Intensiv und mit Durchhaltevermögen an einem Ziel zu arbeiten, alles zu geben, und dann gemeinsam Erfolg zu haben.

Urvertrauen und Verbindlichkeit haben sicherlich bei mir maßgeblich dazu beigetragen, dass ich den Mut und den Willen hatte, ein technisches Studium und eine Promotion im Bereich der Mikroelektronik erfolgreich zu absolvieren und bei Volkswagen in der technischen Entwicklung immer mehr Verantwortung zu übernehmen. Die Konzertreisen haben schon früh mein Interesse an anderen Ländern und Kulturen geweckt, daher wurde mir in den viereinhalb Jahren bei ŠKODA in Prag mein großer Wunsch erfüllt, einige Zeit im Ausland zu leben und zu arbeiten. Der vertraute Teamgeist und Zielfokus bestärken mich insbesondere bei der Personalführung und Einarbeitung in neue Aufgabengebiete.

Und neben all diesen Fähigkeiten, die durch den Mädchenchor schon im Kindesalter ganz natürlich gefördert werden, ist es doch das Singen als natürlichste Form der Musik, die einen nachhaltig durch das Leben begleitet.

Dr.-Ing. Neele Wieczorek, geb. Hinrichs

— **Wie mich der Mädchenchor Hannover geprägt und beeinflusst hat**
Es war eines meiner letzten Konzerte mit dem Mädchenchor Hannover. In der Neustädter Kirche. Wir sangen das achtstimmige »Ave Maria« von Gustav Holst. Ich stand mitten im Chor – an der Grenze zwischen erstem und zweitem Alt, in der dritten Reihe – und sang, war umgeben von Stimmen und Klang und Schwingungen. Die Luft vibrierte. Und auf einmal kam mir ein Gedanke, den ich für immer mit meiner Zeit im Chor verbinden würde, der umfasste, was ich immer wieder gespürt hatte: Ich war Teil einer unglaublichen, perfekten Harmonie, die mich umgab und die in mir schwang und die wir als Chor in die Welt trugen. Gut, in diesem Fall war es eine Kirche. Aber es fühlte sich an wie eine

wichtige Erkenntnis. Und ich denke noch heute immer mal wieder an diesen für mich bedeutsamen Moment in der Neustädter Kirche zurück.

Harmonie suche ich heute in der Sprache, wenn ich meine Geschichten schreibe. Suche ich auf der Bühne, wenn ich mit anderen Künstlerinnen und Künstlern auftrete oder wenn ich meine kleine Literaturshow moderiere. Streben wir nicht alle irgendwie nach Harmonie?

Besonders geliebt habe ich deutsche Literatur, die wir gesungen haben. Die romantischen Brahms-Lieder wie »Am Wildbach die Weiden« und der »Gesang aus Fingal« oder »Im Himmelreich ein Haus steht« von Max Reger. Besonders bewegt haben mich auch das Zusammenspiel von Musik, Lauten und Sprache in den »Choral Hymns from the Rig Veda« von Gustav Holst, oder die Verflechtung von Sprache und Musik beim Märchen vom »Zauberwald«, den Alfred Koerppen lebendig machte. Dies alles regte meine Fantasie an, formte meine Sprache und beeinflusste sicher in großem Maße, was ich zu Papier brachte und bringe.

Während meines Studiums der Molekularbiologie sang ich probeweise in anderen Chören mit, doch schnell wurde mir klar, dass ich dort nicht das finden würde, was ich im Mädchenchor hatte. Die Harmonie, die wir dort beim Singen erlangt hatten, war einzigartig. Ich gab diese Versuche also wieder auf, nahm Einzel-Gesangsunterricht und vertiefte mich immer mehr in mein Schreiben. Nach meinem Studium sattelte ich um auf Wissenschaftsjournalismus, um mich dann immer mehr dem kreativen Schreiben und Bühnenauftritten zu widmen. Heute finde ich Erfüllung in meiner Kunst, meiner Form der Harmonie. Vielleicht sind meine Worte für mich wie die Chorsängerinnen und Chorsänger, und ich bin die Dirigentin, die versucht, sie in die richtigen Schwingungen zu versetzen.

Sonja Baum

Liebe Frau Schröfel!

Der Chor ist für mich eine der schönsten Gemeinschaften, die ich je erfahren habe. Er ist für mich schon zur zweiten Familie geworden. Jeden Mittwoch und Samstag sehe ich den Proben mit Vorfreude entgegen. Mit den anderen zu musizieren baut einen nach einem miesen Schultag jedes mal wieder auf. Dafür möchte ich mich ganz herzlich bedanken. Durch den Chor habe ich Menschen kennengelernt, mit denen ich sicherlich noch mein ganzes Leben Kontakt haben werde. Für diese wunderschöne Zeit sag ich danke. Ich hoffe, dass Sie dies auch genießen können ♡

Herzliche Grüße Gute Träume

11,16.08.2017

Liebe Frau Schröfel,

Als ich diesen Brief schrieb, saß ich an meinem Schreibtisch. Im Hintergrund läuft Bachs „Psalm 51, Tilge höchster". Eine Mädchenchor CD. Ich habe diese Musik gewählt, weil ich es im Chor neben „Peace upon" am allerliebsten gesungen habe.

6 Jahre Mädchenchor Hannover. Das war für mich eine sehr prägende Zeit.

Ich weiß noch genau, wie ich damals mit 15 zum Vorsingen kam. Ich hatte Lust zu Singen. Aber ehrlich gesagt überhaupt keine Ahnung was das bedeuten würde, im MCH zu singen. Bis heute frage ich mich manchmal, warum ich eigentlich aufgenommen wurde, denn nach dem Vorsingen habe ich nicht damit gerechnet. Aber DOCH! Sie haben mich aufgenommen.

In der ersten Probe war ich restlos überfordert. Ich konnte ja weder Violinschlüssel lesen, geschweige denn mir erklären was ein Ritardando, noch ein Crescendo bedeutet oder wo da der Unterschied liegt. Wir probten „die Woche" von Kappen.

-1-

Liebe Frau Schröfel,

diese Woche in Frensweger war mal wieder, wie jedes Jahr, eine der besten Wochen in meinem Jahr! Auch wenn es sehr anstrengend war, macht es so viel Spaß in diesem Chor zu sein! Ich kann mir überhaupt nicht vorstellen wie der Chor mal ohne sie funktionieren soll. Das ist eine sehr traurige Vorstellung :(
Auch wenn sie meistens eher die schlechten Dinge hören, haben wir alle sie sehr lieb und könnten nicht ohne sie leben = Musik ist wichtig zum überleben und ohne Sie könnte ich die Musik nicht so ausleben! Ihre Betty B.

— *Mädchenchor Hannover – Teil meines Alltags*

Bereits als Kind war es mein Traum, eines Tages als Opernsängerin auf den großen Bühnen der Welt zu singen. Ich wurde von meiner Familie immer unterstützt und bekam Gesangsunterricht, aber so richtig wurde dieser Kindheitstraum erst mit dem Eintritt in den Mädchenchor Hannover realisierbarer und zu einem unablässigen, bis heute bestehenden Wunsch von mir. Obwohl ich erst mit 14 Jahren die Aufnahmeprüfung machte, da ich weiter weg wohnte, durfte ich, wie jedes Chormädchen, unzählige Erfahrungen sammeln.

Von einer stabilen, gesunden Gesangstechnik, die bereits beim gemeinsamen Einsingen gelehrt und dann in der individuellen Stimmbildung vertieft wurde, über das Erlernen einer guten Dirigat-Abnahme und des unter uns Chorsängerinnen so unbeliebten Vom-Blatt-Singens bis hin zur musikalischen Gestaltung eines jeden Stückes – die dadurch erzielten sängerischen Fortschritte haben mir letztlich das Gesangsstudium ermöglicht.

Natürlich war der Chor sehr zeitintensiv – er war Teil meines Alltags –, aber der Spaß am Singen, das Treffen der so lieb gewonnenen Freundinnen und die Konzerte haben mich immer motiviert weiterzumachen.

Das Besondere im Mädchenchor Hannover ist, dass das gemeinsame Singen nicht nur Spaß bringt, sondern zudem auch sehr professionell ausgeübt wird. Zahlreiche Konzerte mit Berufsmusikerinnnen und Berufsmusikern haben mir Mut gemacht und mich darin bestärkt, ebenfalls eine professionelle Gesangskarriere anzustreben.

Nach meinem Abitur erhielt ich von Frau Schröfel die Möglichkeit, in einem freiwilligen Jahr der Hospitation einen Einblick auch hinter die Kulissen zu gewinnen, somit im Kulturmanagement Erfahrungen zu sammeln, und mich parallel bestens in der Stimmbildung mit ihr auf die Aufnahmeprüfungen für mein Studium vorzubereiten. Durch ihre Unterstützung erfüllte sich letztlich mein Wunsch, an der Musikhochschule in Leipzig Klassischen Gesang zu studieren.

Noch heute habe ich in Ensembleproben und bei der Arbeit mit Dirigentinnen und Dirigenten viele Vorteile, die ich meiner Zeit im Chor verdanke.

Der Mädchenchor Hannover hat also mein Leben sehr geprägt, und ich bin ihm unendlich dankbar dafür.

Sina Günther

— **In meiner Zeit** im Mädchenchor Hannover bin ich unglaublich viel gewachsen. An Herausforderungen gewachsen, mit Freunden und als Gemeinschaft zusammengewachsen, als Person über mich hinausgewachsen. Wir haben immer gewitzelt, dass der Chor unser Mannschaftssport ist, aber er war viel mehr als das. Auf Konzertreisen habe ich schon als Jugendliche so viel mehr von der Welt gesehen, als es manche Erwachsenen getan haben, in Gastfamilien habe ich gelernt, was Gastfreundschaft und Kulturaustausch bedeuten und wie wichtig es für unsere Weltgemeinschaft und das Verständnis von anderen Ländern ist, die Leute und ihre Kultur zu verstehen.

Im Mädchenchor Hannover zu singen, heißt Verantwortung zu übernehmen. Nicht nur für sich selbst, indem man zeitig neue Stücke lernt, pünktlich zu Proben und Konzerten kommt und selbstständig arbeiten lernt, sondern auch für die Gemeinschaft, die nur so gut funktionieren kann wie jede einzelne Sängerin. Es heißt auch, Verantwortung zu übernehmen für jüngere Sängerinnen, wenn man selbst schon ein paar Jahre dabei ist, und ihnen zu helfen, ihren Weg und ihren Platz im Chor zu finden. Der Chor vertraut darauf, dass die Mädchen die Gemeinschaft stärken und ein solidarisches Miteinander pflegen, und diese Haltung wird von Generation zu Generation weitergegeben.

Auch wenn ich selbst mich letzten Endes entschieden habe, nicht Musik zu studieren, obwohl dies lang mein festes Ziel war, bleiben Musik und der Chor ein integraler Bestandteil meines Selbst. Die Zeit im Chor war nicht bloß ein Hobby meiner Jugend, sie war ein Lebensgefühl und ein Lebensabschnitt, für den ich für immer dankbar bleiben werde.

Natalie Bühl,
Mitglied im Mädchenchor 2006–2018

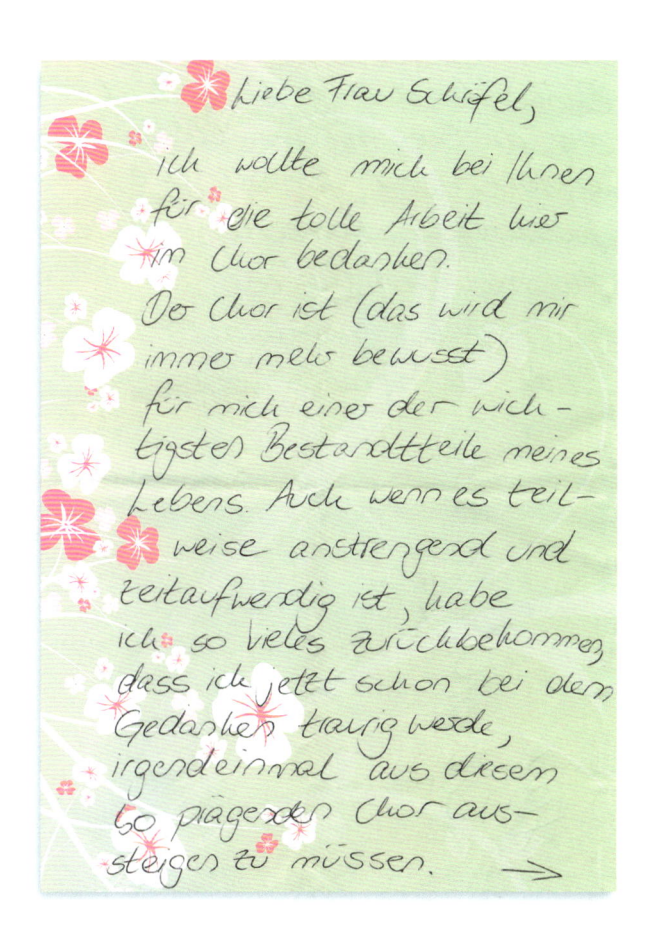

— **Wie ein Kind das Schuhezubinden ...**
Als ich als junges Mädchen beim Vorsingen für den Mädchenchor auftauchte, ahnte ich noch nicht, wohin diese außergewöhnliche Reise gehen würde. Das Leben ist abhängig von Entscheidungen und Zufällen, sodass ich mich oft frage: Was wäre, wenn ich nicht jahrelang im Mädchenchor gesungen hätte? Dann wäre ich jetzt vermutlich nicht Chordirigentin, sondern vielleicht Architektin geworden.

Ich denke gerne an die Zeit im Mädchenchor zurück. Nicht nur an die intensiven und bis heute anhaltenden Freundschaften, auch an alles andere, was ich im Mädchenchor ganz selbstverständlich gelernt habe, wie ein Kind das

Schuhezubinden. Bis zum Beginn meines Studiums habe ich wenig darüber nachgedacht, was für eine besondere Zeit man im Mädchenchor verbrachte, weil alles sehr normal erschien. Erst später merkt man, wie prägend diese Zeit war. Angefangen von wunderbaren Konzerterlebnissen und Reisen über Begegnungen mit so vielen unterschiedlichen Menschen bis hin zu der stimmlichen Ausbildung und der frühen, intensiven Auseinandersetzung mit so vielen stilistisch unterschiedlichen Werken, erinnere ich mich gerne an jedes einzelne Detail.

Gudrun Schröfel war es immer wichtig, die individuelle Entwicklung der Stimme zu fördern. Es ist eine viel größere Aufgabe, mit dieser Ambition einen homogenen Chorklang zu erzeugen, als eine bestimmte Klangvorstellung vorzugeben. Das zeichnet den einzigartigen Klang des Mädchenchors aus und hat mich immer total fasziniert. Ich erinnere mich, wie ich aufmerksam die Probenschritte verfolgt und beobachtet habe und relativ früh gemerkt habe, dass es mich nach dort vorne zieht und ich dafür verantwortlich sein wollte, wie der Chor klingt.

Das hat auch Gudrun Schröfel gemerkt und mich auf diesem Weg unterstützt. Während meines Schulmusikstudiums in Hannover konnte ich dirigentisch und als Stimmbildnerin im Konzertchor und in den Vorgruppen erste Erfahrungen sammeln, bevor ich Chordirigieren bei Anne Kohler in Detmold und bei Fredrik Malmberg in Stockholm studierte. Nun freue ich mich, mit offenen Ohren und mit all den Erfahrungen im Gepäck die weitere Chorlandschaft zu erkunden. Zum 70-jährigen Bestehen gratuliere ich dem Mädchenchor Hannover herzlich und bin gespannt, wohin der Weg noch gehen und ob er sich vielleicht mit meinem noch einmal kreuzen wird.

  Heide Müller

— **Das Singen im Mädchenchor** hat eigentlich alle chormusikalischen, stimmlichen und persönlichen Grundlagen für meinen späteren Beruf als Sängerin im Rundfunkchor gelegt: Elementare Dinge wie das Singen nach Schlag, die Fähigkeit, sich einzuordnen in einen gemeinsamen Klang und diesen dennoch aktiv zu gestalten, aufeinander zu hören und flexibel zu reagieren, den unterschiedlichen Erfordernissen entsprechend, eine Vorstellung von Intonation zu haben, vom Blatt singen und sich selbstverständlich bis begeistert auf zeitgenössische Musik einstellen zu können – all das habe ich in zehn Jahren des Probens und Konzertierens im Mädchenchor verinnerlicht.

Besonders gut hat mir in den Chorproben immer die gesangstechnische Arbeit direkt an der Chorliteratur gefallen, die Verknüpfung von musikalischen Aufgaben mit deren stimmlicher Verwirklichung oder andersherum ausgedrückt: der Impuls, stimmliche Möglichkeiten und Fähigkeiten in der Umarmung durch die Musik zu entwickeln.

Ganz nebenbei hat das Singen im Mädchenchor meine Seele befreit, fröhlich ging ich aus den Chorproben nach Hause, aus einem schüchternen Kind konnte ich zu einem offenen Mädchen werden!

Insgesamt hat mir das Singen im Chor – damals wie jetzt auch, also seit circa 48 Jahren – ein Musizieren auf einem Niveau ermöglicht, das ich solistisch nie erreicht hätte.

Und, keine Nebensache: Seit Mädchenchor-Zeiten und für den Rest meines Lebens sehe ich zu, dass ich immer genügend Freundinnen an mein Herz drücken kann!

  Gisela Burandt,
  Mitglied im Mädchenchor von 1973–1983

Katharina Held

INTERVIEW

Magische Momente –
drei Fragen an Katharina Held (Sopran)

1. Was hat Ihnen der Mädchenchor während Ihrer Kindheit und Jugend bedeutet?

— *Der Mädchenchor war für mich von Anfang an eine Gemeinschaft, in der man zusammen mit anderen, die genauso viel Spaß an der Sache hatten, Musik machen und zusammen singen konnte. Die wöchentlichen Proben gaben mir einen stabilen Alltag, ich freute mich auf meine Freundinnen und das gemeinsame Singen.*
Die Bedeutung wuchs für mich von Stufe zu Stufe und je älter ich wurde. Am Anfang noch mehr Spielerei, wurde mir im Konzertchor immer mehr bewusst, wie wichtig das Singen für mich ist. Durch Gudrun Schröfels Probenarbeit, die gemeinsamen Konzerte, die CD-Aufnahmen und Konzertreisen lernte ich immer mehr als Sängerin dazu. Mit der Erfahrung wuchs auch der Wunsch in mir, den Gesang zu meinem Beruf zu machen.
Der Mädchenchor und Gudrun Schröfel haben mich fundamental geprägt, haben in mir die Liebe zum Singen und Musikmachen vertieft und waren und sind ausschlaggebend für meine musikalische Identität und meine Persönlichkeit als Sängerin.

Insbesondere die Förderung durch Gudrun Schröfel in der Stimmbildung, bei der Vorbereitung auf den Wettbewerb »Jugend musiziert« und später auch bei der Vorbereitung auf die Aufnahmeprüfung zum Gesangsstudium, hat meine Qualität als Sängerin entscheidend entwickelt.

2. Was haben Sie neben Chorgesang und Ausbildung Ihrer Stimme im Mädchenchor gelernt?

— *Dass das gemeinsame Musizieren eine magische Erfahrung ist, einem Kraft gibt und man so viel von- und miteinander lernt. Freundschaften sind gewachsen, die bis heute anhalten, weil wir so viel Intensives geteilt haben, irgendwie schlagen die Herzen ja schon im gleichen Takt. Man lernt, durch die regelmäßige Probenarbeit und das gemeinsame Hinarbeiten auf Konzerte und Produktionen, Verantwortung zu tragen, sodass man am Ende ein Ergebnis hat, auf das man stolz ist.*

3. Was bedeutet Ihnen der Mädchenchor heute?

— *Ich bin dem Mädchenchor und besonders Frau Schröfel unglaublich dankbar. Ohne die Erlebnisse und Ausbildung wäre mein Weg wahrscheinlich ganz anders verlaufen. Der Chor hat mich geprägt; wenn ich eine CD des Chors höre oder in eines der Konzerte gehe, bekomme ich bei seinem Klang jedes Mal erneut Gänsehaut.*
Ganz besonders schön ist es, wenn ich als Solistin eingeladen werde und mit den Mädchen, die den Chor heute bilden, zusammenarbeiten und die Magie erneut zum Leben erwecken darf.

Ania Vegry

© Simon Pauly

INTERVIEW

Eine Art Heimat und hoher künstlerischer Anspruch – fünf Fragen an Ania Vegry (Sopran)

1. Sie kamen mit acht Jahren in den MCH – und zwar gleich in den Konzertchor. Das ist schon eine Ausnahme. Wie kam es dazu, und wie haben Sie sich gefühlt unter den vielen Mädchen, die alle älter waren als Sie?

— Meine Mutter brachte mich damals zur Aufnahmeprüfung des MCH. Ich sang den Abendsegen aus Engelbert Humperdincks »Hänsel und Gretel« vor, dann wurde ich von den Jurymitgliedern musikalisch getestet, sollte Töne und Phrasen nachsingen, transponieren, unter Beweis stellen, wie gut ich hörte, ob ich mir Musik gut merken konnte und Ähnliches. Ich muss das alles wohl einigermaßen gut gemeistert haben, denn ich kam in der Tat direkt in den Konzertchor. Den Altersunterschied habe ich anfangs deutlich wahrgenommen, soviel weiß ich noch; aber ich fühlte mich trotzdem wohl – schon damals gab es zum Beispiel das ausgeklügelte System der Chormütter, deren Aufgabe es war, sich der Jüngeren anzunehmen und ihnen zu helfen, sich zurechtzufinden. Es ging vorrangig um das gemeinsame Musizieren, und im Klang des Chors fühlte ich mich von Anfang an sehr dazugehörig. Mit der Zeit wuchs ich auch in die Chorgemeinschaft hinein, und das Gefühl des Jüngerseins verflüchtigte sich nicht zuletzt auch deshalb, weil jüngere Mädchen aus dem Nachwuchschor in den Konzertchor wechselten.

2. Sie haben, da Sie so jung in den Konzertchor kamen, über zehn Jahre im Konzertchor gesungen. Andere Mädchen erklimmen sozusagen alle zwei Jahre eine neue Stufe, die Sie alle nicht mehr erklimmen mussten. Welche Entwicklungen haben Sie stattdessen machen können?

— Durch meinen direkten Konzertchoreinstieg wurde ich von Beginn an mit sehr hohen musikalischen wie auch stimmlichen Anforderungen und Erwartungen konfrontiert und lernte zum Beispiel gleich zu Beginn, dass es eines bestimmten Levels bedarf, was Disziplin anbelangt, um zu einem gewünschten musikalischen Ergebnis zu gelangen. Ansonsten aber durchlief ich ähnliche Entwicklungsstadien, wie alle anderen Mädchen auch – eine Elfjährige im Konzertchor ist ja trotzdem immer noch eine Elfjährige. Alles Freundschaftliche, Gemeinschaftliche und dergleichen verlief meines Erachtens identisch, nur eben von Anfang an vor dem Hintergrund der sehr hohen künstlerischen Qualitätsanforderungen.

3. Wann erwachte bei Ihnen der Wunsch, professionelle Sängerin zu werden?

— Für mich war relativ früh klar, dass ich Sängerin werden wollte, mit neun, vielleicht zehn Jahren. Die Ausbildung im MCH war in meinem Fall auch dafür die perfekte Mischung, aber nicht nur, was meinen späteren beruflichen Werdegang anbelangt: Ich fand im MCH auch eine Art Heimat, in der ich als Mensch (heran-)wachsen durfte und ich mich durch den Umgang mit der Kunst, der Musik im Speziellen, als Mitglied einer Gruppe und durch unsere gemeinsamen Erfahrungen – menschlich wie künstlerisch – weiterentwickeln durfte. Im Chor habe ich Freundschaften geschlossen, die bis heute andauern. Alles das hat dazu beigetragen, mich zu dem Menschen und nicht zuletzt auch zu der Künstlerin zu machen, die ich heute bin.

4. Was waren Ihre wichtigsten Stationen neben dem MCH in Ihrer Ausbildung?

— *Neben meinem Elternhaus und der schulischen Ausbildung war der MCH das entscheidende Ausbildungselement. Ich würde sogar folgende Reihenfolge unterschreiben: Elternhaus, MCH, Schule. In Gudrun Schröfel fand ich meine erste Gesangspädagogin, die mich im Prinzip alles Notwendige lehrte, um auf dem weiteren Weg als Sängerin zu bestehen: Freude am Musizieren, Beharrlichkeit in der Arbeit an sich selbst, stimmliche wie musikalische Fertigkeiten, stimmphysiologisches Wissen und, und, und. Zusätzlich zu all diesen Dingen lehrte mich das Arbeiten und Musizieren in der Gruppe des Konzertchors natürlich auch alle möglichen Soft Skills, ohne die man als professioneller Musiker nicht bestehen kann, nicht zuletzt den gesamten sozialen Aspekt der Ausbildung, das gegenseitige Sich-Zuhören, die Rücksichtnahme, das Motivieren, das Führen, das Sich-Zurücknehmen. Musik macht man in den seltensten Fällen allein, was von vielen gern mal schnell vergessen wird.*

5. Sie sind inzwischen eine gefragte Opern- und Konzertsängerin, doch Sie sind nach wie vor dem MCH eng verbunden, vor allem als Stimmbildnerin. Was bedeutet diese Aufgabe für Sie?

— *Mit den Mädchen zu arbeiten, ist für mich – natürlich auch aufgrund meiner eigenen MCH-Vergangenheit – etwas ganz Besonderes. Etwas von dem an die jüngere Generation zurückzugeben, was ich seinerzeit selbst erfahren habe und wovon ich zehren durfte, erfüllt mich mit tiefer Freude. Durch mein Zutun möchte ich dabei mithelfen, den speziellen, ganz besonderen Klang, welcher dem MCH immer eigen war, zu erhalten. Es erfüllt mich zudem mit einem gewissen Stolz, einen Beitrag zur Ausbildung der nächsten Generation von starken, selbstbewussten Frauen leisten zu können. Wir werden sie brauchen.*

Die Mädchenchor-Eltern

Über all die Jahre, die die Mädchen im Chor verbringen, stehen die Eltern hinter ihnen und unterstützen sie, vor allem auch dann, wenn der Motivationspegel mal sinkt. Sie erinnern sich wohl noch lebhaft an den Tag, als sie ihre Tochter zur Aufnahmeprüfung begleiteten – eine aufgeregte Sechs-, Sieben- oder Achtjährige, die nun mit großer Freude und Stolz auf der Bühne steht, zweimal pro Woche probt, Unterricht in Stimmbildung hat und für die ein Leben ohne den Mädchenchor Hannover nicht mehr vorstellbar ist. Der Alltag von Familien, deren Töchter im Mädchenchor singen, ist allerdings nicht immer so romantisch und verklärt, sondern es gehört viel Organisation und die Bereitschaft dazu, die Töchter auf ihrem Weg zu begleiten.

Immer mal wieder kollidieren Chor- und Schultermine, aber es finden sich auch immer Lösungen, wenn alle Beteiligten hundertprozentig dahinterstehen. So berichten Johanna und Thomas Held, deren Tochter Katharina mehr als zehn Jahre im Mädchenchor sang und jetzt Gesang studiert, von einer Schulabschlussfahrt in der zehnten Klasse. Gleichzeitig wurde eine CD mit dem Mädchenchor produziert. Katharina wollte nichts von beidem verpassen. Kurzerhand tauschten ihre Eltern ihre Orchesterdienste (beide spielen im Niedersächsischen Staatsorchester Hannover) und machten sich auf den Weg nach Rügen, wohin Katharina mit ihrer Klasse gereist war. Dank des elterlichen Chauffeurdienstes war sie dann auch bei den CD-Aufnahmen in Hannover pünktlich zur Stelle.

In der Rückschau empfinden es beispielsweise Johanna und Thomas Held als durchaus »stramme Zeit«, die beide sehr gefordert habe. Aber die Resultate stimmen sie froh: »Bis jetzt hatte keins unserer drei Kinder so eine richtige ›Null-Bock-Phase‹. Das hat auch sicher damit zu tun, dass ihnen jeweils in ihrer Jugend so tolle Projekte geboten wurden, bei denen sie gelernt haben, dass sich Anstrengung lohnt. (...) Wir wissen zu schätzen, dass der Chor eine absolut singuläre Chance für unsere Tochter ist«, so Thomas Held anlässlich des 60-jährigen Bestehens des Mädchenchor Hannover im Jahr 2012.

Ähnlich sehen es auch die Eltern von Sara Zwingmann, Kwanho Yuh und Michael Zwingmann. Saras Vater betont, dass die viele Zeit, die seine Tochter in den Chor investiere, ihre Energien gut kanalisiert habe. Er und seine Frau, die aus Südkorea stammt, sind bildende

Künstler, also keine Musiker. Die Künste gehören einfach zum Alltag bei Familie Zwingmann: »Wir haben versucht, Kultur zu vermitteln. Musik war nie ein Zwang, ebenso wenig wie der Besuch von Ausstellungen und Kunstmuseen.«

Die kulturelle Bildung, die die jungen Sängerinnen im Mädchenchor Hannover erhalten, hört nicht bei den Proben und den Konzerten auf. Auch die Reisen in ferne Länder sind ein wichtiger Bestandteil: »In jungen Jahren so unmittelbar mit fremden Kulturen in Berührung zu kommen, ist außerordentlich bereichernd und kann – wenn man dieses große Wort einmal bemühen möchte – als Beitrag zur Völkerverständigung gesehen werden«, so Michael Zwingmann.

Sara Zwingmann, die nun Gesang studiert, hat ihr Bachelorstudium Gesang abgeschlossen und plant, ein Masterstudium anzuschließen. Sie geht sehr gern in die Konzerte ihres ehemaligen Chors, des Mädchenchor Hannover. Sie findet es spannend, den Chor jetzt – von der anderen Seite – als Zuhörerin zu erleben.

— **Der Mädchenchor Hannover** *begleitet mich schon über 40 Jahren, allerdings anders, als man zunächst vermuten möchte. Anfang der 80er Jahre des letzten Jahrhunderts kam ich zum Studieren nach Hannover. Im kulturellen Leben der Stadt fielen mir immer wieder die Konzertankündigungen eines Mädchenchors auf, der von zwei Dirigenten, einer Frau und einem Mann, gleichberechtigt geleitet wurde; die Worte »Gendergerechtigkeit« oder »Doppelspitze« waren da noch gar nicht erfunden.*

Als viele Jahre später die eigenen Töchter den Wunsch äußerten, in ebendiesem Chor zu singen, wurde mein Augenmerk weg vom Plakativen hin zum Substanziellen gelenkt. Zwar gab es nun Wochenenden, die nicht mehr frei verfügbar waren, Sommerferien, die sich nach der Chorfreizeit in Frenswegen zu richten hatten und einen konsequenten Leistungsanspruch. Doch die Freude, das Leuchten in den Augen der Mädchen nach Proben und Konzerten, die innigen Freundschaften, die entstanden, der Zuwachs an stimmlichen und musikalischen Fähigkeiten, gepaart mit »alten Tugenden« wie Pünktlichkeit, Disziplin und dem langen Atem auf ein Ziel hin, waren Entschädigung genug und unterstützten meine eigenen erzieherischen Versuche auf kongeniale Weise.

Muss ich erwähnen, dass beide Töchter auch nach dem Ausscheiden aus dem Chor

diese Schule fürs Leben nie vergessen haben? Und wenn die Zeit, der Feiertagsdienst oder die Familie es erlauben, ist völlig klar, wo man den Nachmittag des Heiligen Abends verbringt: auf der Empore der Marktkirche in Hannover, vereint mit vielen Mitsängerinnen, die nicht nur Christi Geburt, sondern auch die Chortradition hochleben lassen.
Möge es mindestens noch weitere 70 Jahre so bleiben!

   Dr. Dorothea Hedderich

— **Ich hatte die Freude** und Ehre, ein Festkonzert zum 50. Jubiläum des Mädchenchors zu dirigieren. Seitdem beobachte ich die wunderbare musikalische und gesellschaftliche Arbeit mit großer Bewunderung.

Unsere große Tochter Natalie hat während ihrer zehnjährigen Mitgliedschaft wichtigste musikalische und persönliche Erfahrungen gemacht – und nun profitiert unsere jüngste Tochter Jasmin bereits seit einigen Jahren von der Arbeit des MCH.
Ich wünsche dem Chor weiterhin so viel Erfolg und Zuspruch – man kann die positive Wirkung des gemeinsamen Singens gar nicht hoch genug schätzen!

   Gregor Bühl

Laatzen, 15.1.2005

Liebe Frau Schöfel,

nach vielen Jahren im Mädchenchor wird sich Mareike heute bei Ihnen aus dem aktiven Chorleben verabschieden.

Der Berufsweg, den sie nun eingeschlagen hat, ist dadurch, dass Sie ihr Talent erkannt und gefördert haben, vorbereitet worden.

Für diese Zuwendung, die Sie Mareike haben zuteil werden lassen, möchten wir uns auch als Eltern bei Ihnen recht herzlich bedanken. Wir hoffen mit Ihnen, dass das Studium für sie zum Erfolg führt und sie damit in Zufriedenheit leben kann. Vielleicht gelingen dann ja auch mal gemeinsame Auftritte.

Mit freundlichen Grüßen
Christine & Peter Braun

P.S: Bitte informieren Sie Herrn Marx über das Ausscheiden von Mareike

7

Singen vor begeistertem Publikum: Das Festival in Sion (Schweiz) war 2017 ein voller Erfolg.

Glückliche Sängerinnen beim Schlussapplaus auf der China-Reise 2016.

Der Mädchenchor Hannover auf Reisen

Unterwegs als musikalischer Botschafter

Musikalische und persönliche Herausforderungen   128

Reiseziele des Mädchenchor Hannover
von 1956 bis 2019   130

Botschafterinnen der Versöhnung: Der Mädchenchor Hannover 2018 vor dem Konzert in der Kathedrale in Ripon, England.

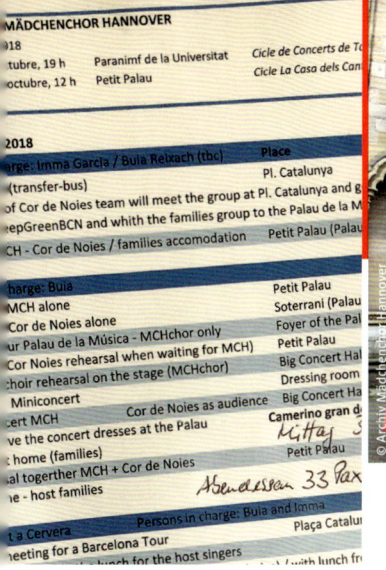

Exakte Zeitpläne sind auf Chorreisen unerlässlich – wie hier in Spanien 2018.

Musikalische und persönliche Herausforderungen

Höhepunkte im Chorkalender sind die jährlichen Konzertreisen. Dann ist der Konzertchor musikalischer Botschafter der Stadt Hannover – seit 2017 ganz offiziell als Botschafter der UNESCO City of Music Hannover.

Konzertreisen sind Ausnahmesituationen, die fordern und beflügeln zugleich. Die Mädchen wohnen auf diesen Reisen meistens in Gastfamilien. Für beide Seiten ein Abenteuer, denn andere Lebensgewohnheiten treffen aufeinander. Manchmal gibt es auch Sprachbarrieren, denn nicht immer kommt man mit Englisch oder Französisch weiter. Da sind dann Hände, Füße und Flexibilität gefragt. Sich auf fremde Situationen einstellen zu müssen, ist eine enorme Bereicherung für die jungen Sängerinnen. Sie sammeln Erfahrungen, die weit über den Moment hinausweisen, denn sie sind persönlichkeitsbildend.

Künstlerisch betrachtet ist eine Konzertreise ebenfalls ein Abenteuer: Nahezu täglich sich auf einen anderen Vortragssaal einstellen, trotz Müdigkeit zur Höchstform bereit sein, Disziplin an den Tag legen und Selbstfürsorge betreiben – keine leichten Aufgaben für Heranwachsende. Der Lohn sind Konzerte vor begeistertem Publikum, in ausverkauften Sälen, vor Menschen, die die Begeisterung der Chormädchen für die Musik tausendfach zurückgeben. Verflogen sind Müdigkeit und Heimweh – was zählt, ist das optimal gesungene Konzert. Dann nämlich tut sich im besten Sinn die Welt auf.

In Spanien 2018: die Kathedrale von Burgos ist ein beeindruckendes Erlebnis.

Der Chor auf Reisen: Rom im Jahr 2004.

Die Reise nach Israel fand im Jahr 2000 statt.

**Reiseziele des Mädchenchor Hannover
von 1956 bis 2019**

1956
Hessen
Südniedersachsen

1957
Norddeutschland

1958
Nordrhein-Westfalen

1959
Berlin
Hessen

1960
Süddeutschland

1961
Dänemark

1962
Niederlande
Schweden

1963
Großbritannien

1964
Niederlande *(Festival)*
Frankreich
Belgien

1965
Südfrankreich

1966
Schweiz
Österreich

1967
Großbritannien
Irland

1968
Frankreich
Spanien
Schweiz

1969
Tschechoslowakei
Österreich

1970
Finnland

1971
Berlin

1972
Schweden

1973
Spanien
Portugal

1974
Österreich
Ungarn

1975
Frankreich
Belgien

1976
Türkei
Griechenland

1977
Italien
Süddeutschland

1978
UdSSR

1979
Großbritannien

1980
Japan
Polen

1981
Belgien
Italien, *Wettbewerb in Arezzo, 1. Preis*

1982
Deutschland, *Deutscher Chorwettbewerb, Köln, 1. Preis*

1983
Brasilien
Großbritannien, *Wettbewerb »Let the Peoples Sing«, 1. Preis*

1984
Italien *(Festival)*
Finnland

1985
Italien
Österreich
Tschechoslowakei

1986
Frankreich
Spanien

1987
Bulgarien, *Wettbewerb in Varna, 1. Preis*

1988
Berlin
Ungarn

1989
Süddeutschland
USA

1990
Deutschland,
*Deutscher Chorwettbewerb,
Stuttgart, 1. Preis*
DDR
UdSSR

1991
Rumänien
Deutschland

1992
Israel
Finnland
Frankreich

1993
Frankreich
Neue Bundesländer

1994
Süddeutschland
Chile

1995
Tschechien,
*Wettbewerb
in Litomyšl, 1. Preis*
Spanien,
*Wettbewerb
in Tolosa, 3. Preis*

1996
Japan

1997
Deutschland *(Festival)*
Schweden

1998
Deutschland *(Festival)*
Ungarn

1999
Tschechien
Deutschland
Polen

2000
Israel
Norwegen

2001
Süddeutschland,
*Wettbewerb in
Marktoberdorf, 2. Preis*
Kanada
USA

2002
Süddeutschland

2003
Norddeutschland

2004
Italien

2005
Deutschland,
*Wettbewerb »Let the
Peoples Sing«, 2. Preis*

2006
Italien
Deutschland,
Deutscher Chorwettbewerb, Kiel, 1. Preis

2007
Weißrussland
Finnland

2008
China

2009
Polen

2010
Estland

2011
Belgien
Frankreich *(Festival)*

2012
USA

2013
Slowenien *(Festival)*

2014
Deutschland,
Deutscher Chorwettbewerb, Weimar, 1. Preis
Großbritannien
Schweiz *(Festival)*

2015
Italien

2016
China
Deutschland

2017
Japan

2018
Spanien
Großbritannien

2019
Südkorea

8

Begeisterter Applaus: Darüber freuen sich nicht nur die Sängerinnen, sondern auch die Mitglieder des Organisationsteams.

Teamgeist und Organisation

Vielfältige Unterstützung hinter den Kulissen

Das Netzwerk für den Mädchenchor Hannover	134
Fördern – verbinden – finanzieren	138
Sie stehen hinter dem Mädchenchor Hannover	138

Die Zukunft im Blick: Erinnerungsfoto und moderne Technik.

Das Netzwerk für den Mädchenchor Hannover

Seit seinem Gründungsjahr 1952 hat der Mädchenchor Hannover an verschiedenen Orten geprobt, und von vielen Schreibtischen aus wurde das Chorleben organisiert – bis es 2014 endlich so weit war, dass der Chor in der Christuskirche sein adäquates Probendomizil erhielt und in Sichtweite das Chorbüro einziehen konnte. Zu jenem Zeitpunkt war der Mädchenchor bereits seit 62 Jahren ein klingendes Aushängeschild der Stadt Hannover, gewann den ersten Preis beim Deutschen Chorwettbewerb in Weimar und wurde 2017 Botschafter der UNESCO City of Music. Vieles wäre nicht möglich gewesen – und ist bis auf den heutigen Tag nicht möglich – ohne professionelles Management, ehrenamtliche Unterstützung und eine nachhaltige finanzielle Förderung. Neben der erstklassigen musikalischen Arbeit hat Chorleiterin Gudrun Schröfel über Jahrzehnte für dieses Netzwerk von Partnerinnen und Partnern gekämpft, geworben und Überzeugungsarbeitet geleistet. Nur so konnte es gelingen, ein Team von künstlerischen Mitarbeiterinnen und Mitarbeitern für Gruppenarbeit, Stimmbildung und Korrepetition zu installieren, ein professionelles Team für das Chorbüro aufzubauen, die Mädchenchor-Stiftung zu gründen, dazu ein aus kompetenten Mitgliedern der Stadtgesellschaft bestehendes Kuratorium sowie einen Freundeskreis zu etablieren und gemeinsam mit der Hochschule für Musik, Theater und Medien Hannover eine Kooperation zu gründen, die einen Mehrwert für beide Institutionen darstellt und darüber hinaus die Nachfolge in der künstlerischen Leitung des Mädchenchor Hannover sichert – kurz: dem Bildungs- und Kulturträger Mädchenchor Hannover eine gesicherte Zukunft zu ermöglichen. Wer daran alles mitwirkt? – Das erzählt dieses Kapitel.

Musendienst und Administration – Verwaltung im Hintergrund trägt den Chor

Im Buch »Die Stimme der Mädchen«, das anlässlich des 50-jährigen Jubiläums erschien, versetzte der Herausgeber Peter Schnaus die Muse des Chorgesangs, Erato, in das damalige Chorbüro, das sich im Kaiser-Wilhelm- und Ratsgymnasium befand. Weil sich an der Muse nichts geändert hat, ihr Arbeitsumfeld sich aber in den vergangenen 20 Jahren deutlich verbessert hat, sei hier noch mal eine Textpassage zitiert:

»Die Muse des Chorgesangs, Erato ist ihr griechischer Name, schwebte von irgendwoher in den Raum hinein, in den kleinen, schmalen Nebenraum eines Gymnasiums, der dem Mädchenchor Hannover als Büro dient. Sie wirkte verstört und glaubte, sich verirrt zu haben. Hatte sie nicht von Ferne wunderbare Gesänge junger Stimmen gehört? Und nun sah sie ein gänzlich amusisch eingerichtetes Zimmer, schmucklose Möbel, Regale, Aktenordner, Briefe, Rechnungen, Terminpläne und andere stumme Zeugen nüchterner Arbeit. Und tönend drang einzig die mechanische Melodie des Telefons an ihr himmlisches Ohr. Wir mussten sie bei der Hand nehmen, sie trösten und ihr erklären, dass die schönsten Chorklänge ungehört verhallen und niemanden erreichen, wenn nicht durchdachte Organisation und kaufmännische Klarheit sie begleiten und ihnen aus dem Hintergrund, für die meisten unsichtbar, die Wege ebnen. (...)

Wir konnten sie sogar davon überzeugen, dass, obwohl sich der Umfang unserer ›Verwaltung‹ – dieses hässliche Wort mussten wir ihr mühsam verdeutlichen – inzwischen erweitert hat, der Mädchenchor auf zusätzliche ehrenamtliche Hilfe dennoch angewiesen ist. (...)

Wir wissen nicht, ob Erato, die Muse des Chorgesangs, dies alles wirklich verstand. Aber ihre Verwirrung war verflogen. Sie lächelte sogar – huldvoll, freudig, voller Sympathie? Genau vermögen wir es nicht zu sagen. Aber wir fühlten, dass alles, was den Mädchenchor betrifft, sein Gesang und das, was ihn unauffällig trägt, ihr göttliches Gemüt bewegte, als sie still, wie sie gekommen war, dem engen kleinen Raum im Kaiser-Wilhelm- und Ratsgymnasium wieder entschwebte.«

Die weltliche Sicht auf die Dinge hat Doris Pfeiffer, die seit über 25 Jahren zum Team des Chorbüros gehört. Sie war schon damals dabei, als die Muse Erato dem kleinen Büro einen Besuch abstattete:

Vom Küchentisch zum künstlerischen Betriebsbüro

Es mag vor etwa 26 Jahren gewesen sein, als aus der Wiesenstraße ein Hilferuf kam, es galt, Hunderte von Briefen an Ehemalige einzutüten. Er kam von Gudrun Rutt. Sie war die gute Seele des Chors, Ehefrau von Ludwig Rutt und managte das Leben des Chors seit vielen Jahren und zwar vom »Küchentisch« aus. So gab es z. B. für alle Chormitglieder Karteikarten, die handschriftlich geführt wurden. Die Liste dieser für uns heute fast primitiv anmutenden Arbeitsmöglichkeiten ließe sich beliebig fortsetzen. Aber wir wollen ja den Küchentisch hinter uns lassen.

Der Wirkungskreis des Chors vergrößerte sich, die Finanzen des Chors hatte schon seit vielen Jahren Herr Marx – der Vater eines ehemaligen Chormitgliedes – übernommen. Frau Schröfel, die den Chor ja fast 20 Jahre lang in einer Doppelspitze mit Herrn Rutt geleitet hatte, war ab 1999 alleinige Chorleiterin. Sie engagierte, nachdem sich Frau Rutt zurückgezogen hatte, Frau Nauber für das Chormanagement. Auch sie arbeitete von zu Hause aus, nämlich – jetzt wird es zeitgemäß – im Homeoffice.

Dann kam im Jahr 1999 der große Augenblick: Der Chor hatte ein eigenes kleines Büro. Wolfgang Schröfel, der damalige Präsident des Niedersächsischen Chorverbandes, stellte uns in seiner Geschäftsstelle in der Königsworther Straße einen Raum zur Verfügung. Wir durften den dortigen Drucker und Kopierer benutzen und arbeiteten natürlich auch mit einem PC.

Wir hatten mittlerweile einen Geschäftsführer, Herrn Hensel, und eine Mitarbeiterin, Frau Langholz, die die täglichen Arbeiten im Büro erledigten.

Aber es kam, wie es kommen musste: Der Raum in der Königsworther Straße wurde zu klein.

Die künstlerische Arbeit mit den Chormitgliedern fand schon seit Jahren im Kaiser-Wilhelm-Gymnasium (später KWRG) in der Seelhorststraße statt.

Es ging bergauf, und wir bezogen 2001 im KWRG einen Raum, lang und schmal wie ein Handtuch, aber wir waren endlich mit dem Chor unter einem Dach vereint. Man kann sich nur sehr schwer vorstellen, dass wir den Umzug von der Königsworther Straße in die Seelhorststraße zu dritt mit meinem Familienauto – einem Espace – bewerkstelligen konnten.

Es gab im KWRG einen Kellerraum, in dem unser Notenarchiv untergebracht war. Das erleichterte natürlich die Versorgung des Chors mit Noten. Herr Erler (der Vater von Gabriele Schönwälder) hatte dort ein Konzept entwickelt, das die Arbeit in dem Archiv wesentlich vereinfachte, und es herrschte eine mustergültige Ordnung.

Am Ziel unserer Wünsche angekommen? Weit gefehlt, auch dort wurde es uns zu eng. Wir mussten unsere Arbeit in abwechselnde Zeiten einteilen, denn es konnten nur zwei Personen dort gleichzeitig arbeiten. Auf unserem Weg zu einem perfekten Büro kletterten wir wieder eine Stufe höher, als sich 2005 die Möglichkeit ergab, in dem großen Wohnkomplex gegenüber vom KWRG ein Büro mit zwei Räumen zu mieten. Der Gipfel der Vollkommenheit waren eine eigene Toilette und eine Teeküche. Viele Jahre haben wir dort das Chorleben mit wechselnden Mitarbeitern organisiert. Herr Hensel verließ uns, weil er den Wohnort wechselte, dafür kam Frau Albrecht, und so haben wir dafür gesorgt, dass die künstlerische Arbeit von Frau Schröfel ein gutes Rückgrat hatte.

Aber die Fäden zur Expansion wurden weitergesponnen. Frau Schröfel hat es mit unvorstellbaren Mühen und einem enormen Aufwand geschafft, dass der Mädchenchor Hannover an seinen Wünschen zu einem eigenen Chorhaus in der Christuskirche arbeiten und diese dann endlich auch realisieren konnte.

Im Jahr 2014 war es so weit. Am 5. Januar zog ich mit dem Büro des MCH zum vierten Mal um, und zwar in unsere jetzigen großzügigen

Büroräume an der Christuskirche 15. Sie liegen direkt gegenüber dem Hauptportal An der Christuskirche 15, das gleichzeitig der Eingang zu unserem Chorsaal und den Probenräumen ist. Alle Chorklassen bezogen dann am 1. Juli 2014 die wunderbaren Räume in der Christuskirche.

Im Januar 2019 übernahm Herr Felber von Frau Schröfel die künstlerische Leitung des Chors. Unter seiner Regie arbeite ich dort mit Frau Eichler, Herrn Held und einer Mitarbeiterin, die ihr freiwilliges soziales Jahr bei uns absolviert. Frau Schröfel steht uns weiterhin als Ehrenchorleiterin mit ihrer jahrzehntelangen Erfahrung in vielen Fragen mit Rat und Tat zur Seite.

Seit 25 Jahren begleite ich nun den Chor mit ideellem Einsatz und meiner Arbeit, und wenn ich die Mädchen singen höre, geht mir das Herz auf.

Das Fazit für den Werdegang des Büros des Mädchenchor Hannover ist jetzt, in der Corona-Zeit, in der ich meinen Bericht schreibe, so zu ziehen:

Vom Küchentisch zum künstlerischen Betriebsbüro, jetzt aber wieder im Homeoffice am Küchentisch, denn das Büro ist coronabedingt weitestgehend verwaist.

Doris Pfeiffer

Fördern – verbinden – finanzieren

Bildungsarbeit ist eine Investition in die Zukunft. Der Freundeskreis des Mädchenchor Hannover, die Mädchenchor Hannover Stiftung, Sponsoren: Sie alle ermöglichen es, dass der Mädchenchor die musikalische Ausbildung und die Persönlichkeitsbildung kontinuierlich gewährleisten kann – auf hohem Niveau für junge Menschen aus allen Gesellschaftsschichten. Daher sei auch an dieser Stelle ein Spendenaufruf erlaubt:

Es gibt Vereine, die schaffen das: Sie vermitteln und erhalten in einem hoch professionellen Umfeld Herzenswärme und Spaß an der Sache. Der Mädchenchor Hannover ist in seiner Art ein Vorzeigeprojekt: Da wird auf Weltklasseniveau Musik gemacht und unterrichtet. Die jungen Frauen könnten am Ende ihrer Mädchenchor-Zeit in Scharen eine Sängerinnenkarriere einschlagen. Und wenn sie es nicht tun, bringen sie in ihr Erwachsenenleben eine so gut geförderte rechte Gehirnhälfte mit, dass sie jedem Beruf eine künstlerische Seite abgewinnen können.

Und genau deshalb hat dieser Enthusiasmus für ein professionelles künstlerisches Niveau jede denkbare Unterstützung verdient: weil er noch vor der beruflichen Spezialisierung stattfindet. Hier werden Menschen für das Leben ausgebildet. Und so, wie Fußballerinnen noch Jahrzehnte nach der Karriere Flanken schlagen können und Ballettmädchen noch in hohem Alter aufrecht gehen, nehmen die Mädchen aus diesem Chor eine Haltung mit, die das Leben für sie selbst und für ihre Umwelt wertvoller macht. Sie ahnen es, oder? Wertvolle Ausbildung kostet Geld. Fördern Sie mit und pflegen Sie damit die Einzigartigkeit unserer Stadt.

Danke! Herzlichen Dank!

Michael Becker, Künstlerischer Beirat MCH,
Intendant der Düsseldorfer Symphoniker
und der Tonhalle Düsseldorf

Sie stehen hinter dem Mädchenchor Hannover

Vorstand
Prof. Paul Weigold (Vorsitzender), Marina Barth, Prof. Andreas Felber, Prof. Hans-Peter Lehmann (Ehrenmitglied), Prof. Gudrun Schröfel, Dr. Axel Simon, Prof. Krzysztof Wegrzyn, Christoph Wiese

Kuratorium
Stefan Becker, Nina Englert, Dr. Heiner Feldhaus, Katja Flöge, Michael Franke, Meike Heise, Stephan Kertess, Dr. Jochen Köckler, Dr. Wilhelm Krull, Andrew Manze, Gerhard Schröder, Hanns Werner Staude, Jürgen Weitz, Joachim Werren

Künstlerischer Beirat
Michael Becker, Prof. Dr. Susanne Rode-Breymann

Kooperation HMTMH – Mädchenchor Hannover
Verantwortlich: Prof. Dr. Susanne Rode-Breymann

Stiftungsbeirat
Prof. Gudrun Schröfel, Dr. Axel Simon, Werner Weise

Die Stiftung
Im Jahr 2000 wurde unter der Schirmherrschaft von Helen und Klaus Donath die Mädchenchor Hannover Stiftung gegründet. Sie soll auf lange Sicht eine Basis für diesen erstklassigen Chor schaffen.

Die Stiftungssatzung garantiert die unmittelbare sowie ausschließliche Gemeinnützigkeit und legt in ihrer Zweckbestimmung die Förderung der jugenderzieherischen Aufgaben auf dem Gebiet der Chormusik fest. Der Stiftungsbeirat verwaltet als Aufsichts- und Lenkungsgremium das Stiftungsvermögen und beschließt über die ausschließliche Mittelverwendung zugunsten des Mädchenchor Hannover. ①

Freundeskreis des Mädchenchor Hannover

Seit 30 Jahren aktiv bei der Förderung junger Talente.

Der Freundeskreis des Mädchenchor Hannover e. V. wurde 1992 mit dem Ziel gegründet, jungen Talenten eine exzellente gesangliche Grundausbildung zu ermöglichen und den Mädchenchor in seinen vielfältigen Aktivitäten zu unterstützen. Zum stetig wachsenden Kreis der Freunde und Förderer gehören inzwischen nicht nur Eltern und Großeltern der Sängerinnen, sondern auch ehemalige Chormädchen und andere Musikbegeisterte. ②

Kontakt

Werner Weise
freundeskreis@maedchenchor-hannover.de

Chorbüro

Juliane Eichler, Johannes Held, Doris Pfeiffer

Chor- und Konzertmanagement

Juliane Eichler, Johannes Held

Pianist

Nicolai Krügel

Er studierte in Weimar bei Gerlinde Otto und Thomas Steinhöfel. Darüber hinaus absolvierte er Meisterkurse bei Ferenc Rados und Paul Badura-Skoda und rundete seine Ausbildung im Studiengang »Meisterklasse Lied« an der Hochschule für Musik und Theater München bei Helmut Deutsch und Rudi Spring ab.

Anschließend war Nicolai Krügel drei Jahre als Korrepetitor im Opernstudio der Bayerischen Staatsoper tätig. Seit 2010 ist er freischaffender Pianist, Korrepetitor und Klavierlehrer.

Förderkonten

①

Mädchenchor Hannover Stiftung
Sparkasse Hannover
IBAN: DE33 2505 0180 0000 0547 00
BIC: SPKHDE2HXXX

Verwendungszweck: Zustiftung
(Angabe auf dem Überweisungsträger erforderlich)

Für Spendenbescheinigungen sind Name und Anschrift auf dem Überweisungsträger erforderlich

②

Freundeskreis Mädchenchor Hannover e. V.
Hannoversche Volksbank
IBAN: DE51 2519 0001 0210 6140 00
BIC: VOHADE2HXXX

9

Jubel bei Preisverkündung: Der Mädchenchor Hannover gewinnt den ersten Preis beim Deutschen Chorwettbewerb 2014 in Weimar.

Dokumentation

CDs, Auftragskompositionen, bedeutende Konzertsäle und Konzertereignisse

CD-Aufnahmen und Pressestimmen	142
Bedeutende Konzertsäle	146
Auftragswerke, Preise und Auszeichnungen	148
Konzertereignisse	150
Impressum	156

Dokumentation

Der Mädchenchor Hannover ist vielfach präsent. Eine beeindruckende Zahl von CD-Aufnahmen, Auftritte in bedeutenden Konzertsälen weltweit sowie Konzertereignisse mit namhaften Orchestern, Solistinnen und Solisten belegen dies. Seit 2017 ist der Mädchenchor offizieller Botschafter der UNESCO City of Music Hannover und erfüllt diese Aufgabe auf nationaler und internationaler Ebene.

① Hasse: Miserere in d / Hasse: Salve Regina in F / Vivaldi: Gloria RV 589 — Katharina Held, soprano; Justyna Ołów, mezzo-soprano; Dorota Szczepańska, soprano; Ensemble Oktoplus; Ulfert Smidt, organ; Mädchenchor Hannover; Andreas Felber, conductor

② Andreas N. Tarkmann – Töchter der Sonne, Inka-Kantate & Gustav Holst – Savitri, Kammeroper — Kutzner | Bruns | Katus; Mädchenchor Hannover | Arte Ensemble Hannover; Gudrun Schröfel

③ Fauré / Messager: Messe des pêcheurs de Villerville; Bach / Pergolesi: Tilge, Höchster, meine Sünden BWV 1083 — Ania Vegry, soprano; Mareike Morr, alto; Sharon Kam & Fauré-Ensemble; Arte Ensemble; Mädchenchor Hannover; Gudrun Schröfel

④ Johann Michael Haydn – Messen für Frauenchor: Missa Sancti Aloysii · Missa sub titulo Sancti Leopoldi — Mädchenchor Hannover; Il gioco col suono · Ulfert Smidt; Gudrun Schröfel (Carus)

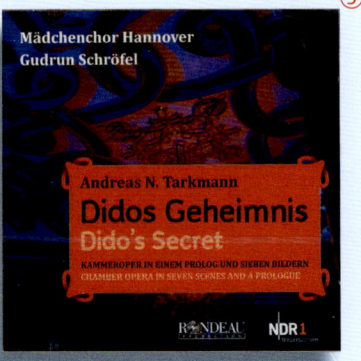

⑤ Mädchenchor Hannover, Gudrun Schröfel – Andreas N. Tarkmann: Didos Geheimnis / Dido's Secret – Kammeroper in einem Prolog und sieben Bildern / Chamber Opera in Seven Scenes and a Prologue (Rondeau / NDR)

⑥ Gloria! Weihnachtliche Klänge mit dem MädchenChor Hannover (Madsack)

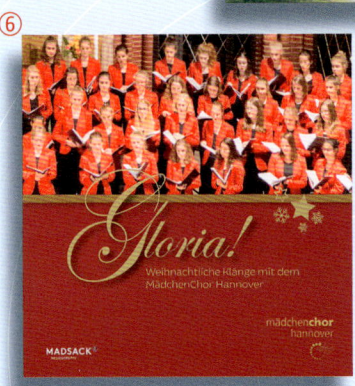

⑦ Mädchenchor Hannover – Folk Songs of the Four Seasons, Ralph Vaughan Williams; Was die Alten sungen – Deutsche Volkslieder aus fünf Jahrhunderten, Alfred Koerppen (NDR Radio Niedersachsen)

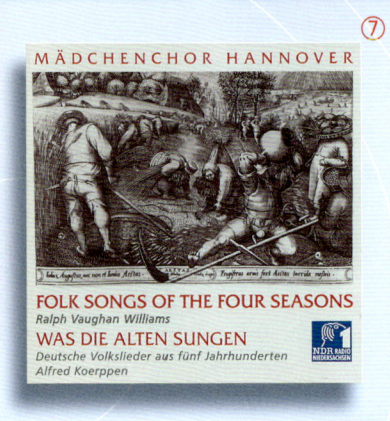

CD-Aufnahmen

①	2021	Johann Adolf Hasse: *Miserere in d / Salve Regina in F* und Antonio Vivaldi: *Gloria RV 589*
	2019	*Weihnachtliche Chormusik der Romantik*
②	2019	Andreas N. Tarkmann: *Inka-Kantate, Töchter der Sonne* und Gustav Holst: *Savitri*
③	2016	Johann Sebastian Bach: *Tilge, Höchster, meine Sünden*
	2015	Benjamin Britten: *Children's Crusade / Ceremony of Carols*
④	2013	Johann Michael Haydn: *Messen für Frauenchor*
⑤	2013	Andreas N. Tarkmann: *Didos Geheimnis*
	2012	André Caplet: *Le Miroir de Jésus*
	2011	*Verklingend und ewig* – Raritäten aus der Herzog August Bibliothek Wolfenbüttel
	2010	*Geliebte Seele – Chormusik der Hochromantik*
	2009	*Glaubenslieder*
	2008	*Gaude, Plaude*
	2006	*Von Mozart bis Messiaen*
⑥	2005	*Gloria in altissimis Deo* – Mädchenchor Hannover und Stockholm Chamber Brass
	2003	Johannes Brahms: *Gesänge für Frauenchor*
	2000	*Concert for a Millenium*
	2000	*Wenn sich die Welt auftut*
	1999	Mendelssohn, de Victoria, Tormis, Schubert, Hovland, Tormis, Rutt, Eisler: *Kaleidoskop 2*
	1998	Johann Michael Haydn: *Missa* und Felix Mendelssohn: *Motetten op. 39*
⑦	1996	Alfred Koerppen: *Was die Alten sungen*
	1994	Johann Adolph Hasse: *Miserere* und Johann Michael Haydn: *Missa Sancti Aloysii*
	1993	Caplet, Holst, Rossini, Distler, Rutt: *Kaleidoskop*
	1992	Augustin Kubizek: *Jakobs Stern ist aufgegangen*
	1990	Benjamin Britten: *A Ceremony of Carols*
	1986	*Europäische Folklore*
	1985	Schubert, Reger, Brahms, Rossini u. a.: *Chorwerke der Romantik*
	1983	Johannes Brahms: *Nun stehen die Rosen in Blüte*
	1980	Siegfried Strohbach: *Tanz rüber, tanz nüber, Europäische Tanzlieder/Deutsche Volkslieder und Chorlieder von Lechner bis Strawinsky*
	1975	*Sag mir doch den Weg*

»Es war schon eine außergewöhnliche Konzertreihe, die der Mädchenchor Hannover in den Jahren 2003 und 2004 seinem Publikum mit den Stockholm Chamber Brass geboten hat und aus der nunmehr ausgewählte Stücke – besonders aus dem Marktkirchenkonzert 2004 – auf der vorliegenden CD zu hören sind.«

Chorbrief, 4. Jg., Heft 2, November 2005

»Faszinierend ist die große Zahl von guten Solistinnen, die der Mädchenchor in seinen Reihen hat. Ihre vermeintlich natürliche Stimmschönheit, die sichere Intonation und technische Gewandtheit, aber auch der souveräne Umgang mit Lampenfieber zeugten von dem hohen Niveau, auf dem im Mädchenchor gearbeitet wird.«

Chorbrief, 4. Jg., Heft 2, November 2005, Konzertkritik in der HAZ

143

Pressestimmen

Echte Entdeckung
Mädchenchor Hannover singt Caplet-Oratorium

Zum Schluss hielt man den Atem an. In der Marktkirche schien die Zeit stillzustehen. Das Mädchenchor-Mitglied Esther Bertram rezitierte den französischen Text ungemein plastisch, dazu ließen Mezzosopranistin Esther Choi, der Chor und das Streicherensemble »Il gioco col suono« das Jesus-Oratorium »Le Miroir de Jésus« mit dichten, glühenden Tönen ausklingen. Chorleiterin Gudrun Schröfel hatte mit dieser hannoverschen Erstaufführung den Besuchern der Marktkirche einen kompositorischen Schatz präsentiert.

André Caplet (1878–1925), ein Freund Debussys, ist hierzulande ganz selten auf dem Programmheft zu finden. In seinem Jesus-Oratorium schildert er aus der Sicht Marias die Geburt Christi und dessen weitere Stationen. Caplet fand einen bisweilen impressionistisch schillernden Duktus, der durch faszinierende melodische Rhetorik und flirrende Klangfarben fasziniert. Hellwach agierte dabei der Mädchenchor, der die einzelnen Gedichte jeweils eröffnete und beendete. Kurzfristig eingesprungen war die junge Mezzosopranistin Esther Choi. Bewundernswert, wie sie binnen zwei Tagen den höchst anspruchsvollen Solopart einstudierte und mit warmem Timbre und herrlich auf Linie gesungenen Melodiephrasen beeindruckte. Dass ein Teil des Oratoriums dabei aus Zeitmangel entfallen musste, war verständlich. So wurde diese Aufführung des Caplet-Oratoriums zu einer echten Entdeckung. Es gibt sie also, die hochklassigen Wege abseits der vorweihnachtlichen Programmroutine. Und doch hätte etwas gefehlt, wenn der Chor nicht auch Vertrautes geboten hätte wie Brittens »A Ceremony of Carols« (bestechendes Harfenspiel: Teresa Zimmermann) und Weihnachtslieder mit dem Nachwuchschor unter der Leitung von Georg Schönwälder. Noch einmal auf die Qualitäten des Mädchenchors hinzuweisen, ist hier eigentlich überflüssig. Aber das ist Chronistenpflicht.

Günther Helms
Dieser Artikel erschien zuerst in der Hannoverschen Allgemeinen Zeitung am 6. Dezember 2010

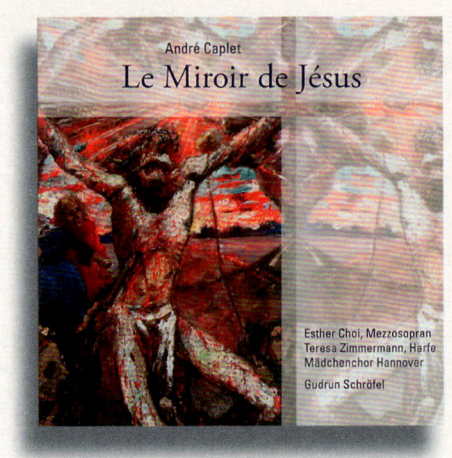

Bereicherung des Repertoires: Der Komponist André Caplet wird nur selten aufgeführt.

Wassermanns Weiber
Der Mädchenchor singt Lieder der Romantik – und übertrifft sich dabei selbst

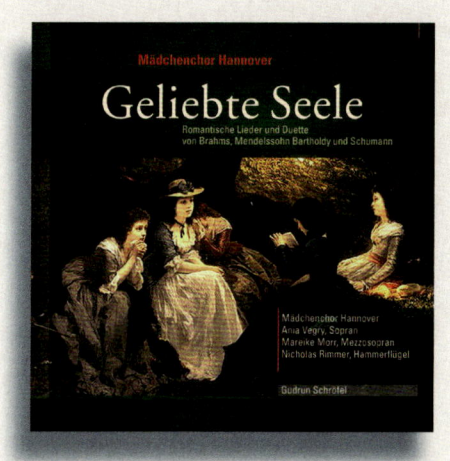

Die CD ist im bundesweiten Fachhandel sowie unter *www.rondeau.de* erhältlich.

Der Mädchenchor Hannover ist Erfolg gewohnt – auch mit seinen Aufnahmen. Gerade erst hat er als Teil einer Gemeinschaftsproduktion vieler Chöre der Stadt einen Echo-Preis für eine Aufnahme mit neuen geistlichen Liedern bekommen. Nun aber ist eine CD erschienen, die die meisten älteren bei Weitem übertrifft. »Geliebte Seele« ist das Album mit Liedern von Brahms und Schumann überschrieben – und tatsächlich passt die romantische Empfindsamkeit der Stücke so gut zum zarten Klang des Chors wie kaum eine andere Musik.

Zufall ist das nicht: Beide Komponisten stehen am Anfang einer Entwicklung, die Mitte des 19. Jahrhunderts zum Aufschwung der vormals exotischen Besetzung eines Frauenchors führte. Schumanns »Romanzen«, die er 1849 für die Frauenstimmen seines Dresdener Chorgesangsvereins komponierte, und die darauf bezogenen Lieder und Romanzen aus Brahms' Hamburger Zeit sind Steilvorlagen gerade für die wunderbar freien, aber naturgemäß wenig offensiven Stimmen des Mädchenchors.

Doch der Chor hat mehr zu bieten als gute Technik: Unter der Leitung von Gudrun Schröfel beweisen die Jugendlichen, dass man sich den Liedern nach Gedichten von Kerner, Eichendorff und Mörike auch nähern kann, ohne die Ironie darin überzubetonen. Mit einem Hauch Betroffenheit etwa klingt Kerners Ballade vom Wassermann, der ein junges Mädchen mit sich in die Tiefe zieht, so, wie sie gedacht gewesen sein mag: schaurig. Und weil der volksliedhafte Tonfall der Stücke auch bei Liebesliedern immer in dunkle Molltonarten gewendet ist, ist die ganze CD durchzogen von jugendlich schwärmerischer Melancholie: Romantik ohne Distanz. Die CD ist im bundesweiten Fachhandel sowie unter www.rondeau.de erhältlich.

Mehr als eine Ergänzung dazu sind die Duette von Schumann und Mendelssohn mit Ania Vegry (die selbst lange im Mädchenchor gesungen hat) und Mareike Morr. Beide Sängerinnen sind an der Staatsoper Hannover engagiert. Hier zeigen sie nun, dass sie auch intelligente und sinnliche Liedinterpretinnen sind. Begleitet werden sie von Nicholas Rimmer am Hammerklavier, dem erfolgreichsten Teamplayer unter den jungen hannoverschen Pianisten, was der Aufnahme zusätzliche Authentizität verleiht. Bei der nächsten Preisverleihung führt an der CD sicher kein Weg vorbei.

Stefan Arndt
Dieser Artikel erschien zuerst
in der Hannoverschen Allgemeinen Zeitung
am 4. September 2010

Eine Auswahl bedeutender Konzertsäle, in denen der Mädchenchor zu Gast war

Staatsoper Hannover
NDR, Großer Sendesaal Hannover
Kuppelsaal Hannover
Galerie und Orangerie Herrenhausen
Kaiserdom Frankfurt
Alte Oper Frankfurt
Kaisersaal Erfurt
Suntory Hall, Tokio
Nationaltheater Peking
Tianjin Concert Hall
Elbphilharmonie Hamburg
Gewandhaus zu Leipzig
Thomaskirche Leipzig
Kreuzkirche Dresden
Frauenkirche Dresden
Konzerthaus Dortmund
WDR Köln
Meistersingerhalle Nürnberg
Bayerischer Rundfunk München
Radio Hilversum, Niederlande
Felsendom Helsinki
Kathedrale São Paulo
Palau de la Música Catalana, Barcelona

Tianjin Concert Hall

Suntory Hall, Tokio

Palau de la Música Catalana, Barcelona

Elbphilharmonie Hamburg

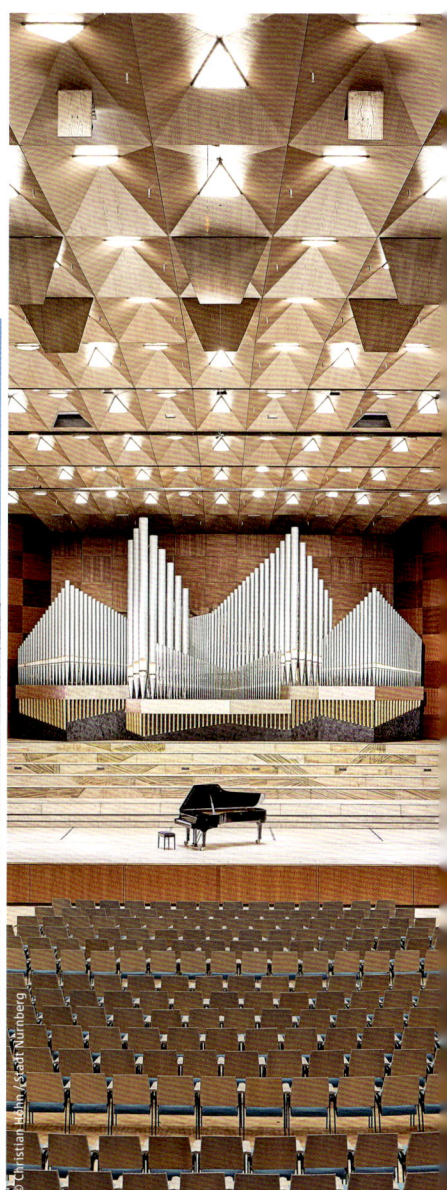

Meistersingerhalle Nürnberg

147

Auftragswerke

Die Chorleiterin (und Ehrenchorleiterin) Gudrun Schröfel hat zahlreiche Kompositionen für den Mädchenchor Hannover in Auftrag gegeben und schildert den intensiven Austausch zwischen den Komponistinnen und Komponisten, dem Chor, den Instrumentalistinnen und Instrumentalisten sowie ihren Austausch als Auftraggeberin und gleichzeitige Chordirigentin der jeweiligen Uraufführung:

»Dass international bedeutende Komponistinnen und Komponisten für den Chor schrieben und sogar zu uns in die Proben kamen, zeigte mir, dass der Chor sich inzwischen eine erstaunliche Wertschätzung bei zeitgenössischen Komponistinnen und Komponisten erworben hatte.

Die Auftragswerke trugen auch zur Repertoireerweiterung der gesamten Kategorie gleichstimmiger Chöre bei. Einige sind in die Liste der Pflichtwerke bei Deutschen Chorwettbewerben eingegangen.«

Die Liste der Auftragswerke ist beeindruckend

> Jan Müller-Wieland	*Sterntaler*, 2018
> Fredrik Sixten	*Hymn of Hope*, 2018
> Tobias Broström	*En liten blåsa i Guds andes glas*, 2017
> Marcus Aydintan	*Nachtlieder*, 2015
	O Magnum Mysterium, 2014
> Vinko Globokar	*L'Idôle*, 2013
> Peter Eötvös	*Herbsttag*, 2012
> Andreas N. Tarkmann	*Inka-Kantate »Töchter der Sonne«*, 2016
	Didos Geheimnis, 2011
> Pier Damiano Peretti	*Im Todesjahr des Königs Usija*, 2010 u. a.
> Juliane Klein	*Nicht uns, sondern ...*, 2008
> Toshio Hosokawa	*Zwei Blumenlieder*, 2007
> Steffen Schleiermacher	*Vier Gesänge aus »Tropfblut«*, 2004
> Steve Dobrogosz	*Magnificat*, 2003
> Wilfried Hiller	*Michael-Ende-Liederbuch*, 2002
> Alfred Koerppen	*Die Rohre*, 2000
	Der Zauberwald, 1982 u. a.
> Arvo Pärt	*Zwei Beter*, 2000
> Knut Nystedt	*Magnificat for a New Millenium*, 2000
> Einojuhani Rautavaara	*Wenn sich die Welt auftut*, 2000
> Petr Eben	*Zàvoj a slzy – Schleier und Tränen*, 2000
> Veljo Tormis	*Sampo cuditur*, 2000
> Herwig Rutt	*Ballade*, 2000
	The Duck and the Kangoroo, 1922 u. a.
> Lars Edlund	*Respicite volatilia coeli*, 1987
> Tilo Medek	*An den Aether*, 1985
> Augustin Kubizek	*Jakobs Stern ist aufgegangen*, 1984 u. a.
> Wilhelm Killmayer	*Lazzi, fünf Scherzi für Frauenchor*, 1977

Preise und Auszeichnungen

2014	9. Deutscher Chorwettbewerb Weimar	1. Preis
2010	Echo Klassik für CD »Glaubenslieder« (Rondeau Production)
2006	7. Deutscher Chorwettbewerb Kiel	1. Preis
2005	Internationaler Wettbewerb der Rundfunkanstalten »Let the Peoples Sing« – WDR/Köln	2. Preis
2004	Förderpreis der Ernst von Siemens Musikstiftung
2003	Internationaler Kammerchorwettbewerb Marktoberdorf	2. Preis Sonderpreis für die beste Interpretation eines zeitgenössischen Chorwerkes (gestiftet von Annie Bank Choral Music Publishers, NL) Alfred Koerppen (*1926): *Der Zauberwald* Leitung: Gudrun Schröfel
1997	Johannes-Brahms-Wettbewerb Hamburg	1. Preis
1995	Internationaler Smetana Chorwettbewerb Litomyšl/Tschechien	1. Preis und Gesamtsieger des Wettbewerbs Internationaler Chorwettbewerb Tolosa/Spanien	3. Preis
1990	3. Deutscher Chorwettbewerb Stuttgart	1. Preis
1989	Internationaler Kammerchorwettbewerb Marktoberdorf	3. Preis
1987	Internationaler Chorwettbewerb Varna/Bulgarien	1. Preis
1984	Einladung zum Internationalen Chorfestival in Fano/Italien
1983	BBC-Wettbewerb London »Let the Peoples Sing«	1. Preis
1982	1. Deutscher Chorwettbewerb Köln	1. Preis
1981	Internationaler Chorwettbewerb »Guido d'Arezzo«/Italien	1. Preis
1964	Internationaler Chorwettbewerb Neerpelt/Belgien	1. Preis

Konzertereignisse

Der Konzertchor des Mädchenchor Hannover hat in den vergangenen 20 Jahren herausragende Konzerte gegeben, die aus mehreren Gründen einen besonderen Ereigniswert in sich tragen – sei es, weil das Konzert an einem außergewöhnlichen Ort stattfand, zu einem denkwürdigen Anlass, mit großartigen professionellen Partnerinnen und Partnern oder in einem Saal der Extraklasse wie beispielsweise der Elbphilharmonie Hamburg. All diese Konzertereignisse sind eine Ehre für den Chor, spornen an, weiter intensiv zu arbeiten, um Chormusik in die Welt zu tragen, von der Zuhörerinnen und Zuhörer sagen, dass sie tief berührt seien – von den Stimmen und der Interpretation, die nur in einem gemeinsamen musikalischen und klanglichen Verständnis gelingen kann. Für einen Jugendchor hat das Ausnahmequalität; sie wird im Bewusstsein der beteiligten Sängerinnen bleiben.

Hier folgt eine – bei Weitem nicht vollständige – Übersicht der Konzerte, die diesen prägenden Charakter für den Chor und seine Sängerinnen haben. Wer dem Mädchenchor Hannover und seinen Konzertereignissen komplett folgen möchte – hier ist der direkte Link zur Homepage: *https://bit.ly/3niYc74*

Besondere Werke – besondere Orte – besondere Anlässe

2019	Januar	*Inter missas: Zoo* Konzert im Kleinen Saal der Elbphilharmonie Hamburg
2019	Juli	NDR Klassik Open Air, Maschpark Hannover: *Cavalleria rusticana / Der Bajazzo*
2019	August	Konzert im Kaiserdom Frankfurt / Main
2019	Dezember	Konzerte mit den Nürnberger Symphonikern in der Meistersingerhalle
2018	November	*War Requiem* von Benjamin Britten mit der NDR Radiophilharmonie, Bachchor Hannover und dem Jungen Vokalensemble Hannover unter der Leitung von Andrew Manze im Kuppelsaal Hannover
2016	Juli	NDR Klassik Open Air, Maschpark Hannover: *La Traviata*
2014	Juli	NDR Klassik Open Air, Maschpark Hannover: *Tosca*
2013	Juni	*War Requiem* von Benjamin Britten in der Frauenkirche Dresden, gemeinsam mit dem City of Birmingham Symphony Orchestra and Chorus unter der Leitung von Andris Nelsons
2011	Oktober	*3. Sinfonie d-Moll* von Gustav Mahler mit der NDR Radiophilharmonie unter der Leitung von Eivind Gullberg Jensen
2007	Oktober	Konzert im Felsendom Helsinki
2006	Mai	Sonderkonzert beim Deutschen Musikrat
2005	Mai	Deutscher Evangelischer Kirchentag in Hannover: Mitwirkung bei der Eröffnungsveranstaltung, Uraufführung *Drei geistliche Gesänge* von Manfred Trojahn, Wiederaufnahme der Zauberoper *Vergilius, der Zauberer von Rom* von Alfred Koerppen
2004	November	Mitwirkung bei Benjamin Brittens *War Requiem*
2004	Dezember	Konzert in der St. Michaelis Kirche Hamburg
2003	Dezember	Mitwirkung bei der 3. Sinfonie von Gustav Mahler
2002	August	Konzertante Aufführung der Oper *Dido und Aeneas* von Henry Purcell
2002	September	Konzert *Choral Hymns from the Rig Veda* von Gustav Holst, gemeinsam mit der NDR Radiophilharmonie Festkonzert zum 50-jährigen Bestehen des Mädchenchor Hannover

Filme

2017
Über mehrere Monate begleitete ein Team des NDR-Fernsehens den Mädchenchor Hannover: bei Proben und Konzerten, bei den Chorstudientagen in Frenswegen und auf der Konzerttournee nach Japan. Der Film »Die Stimme der Mädchen« ist das Ergebnis dieser intensiven Dreharbeiten, die der Filmautor Tobias Hartmann zu einer faszinierenden Dokumentation zusammengestellt hat.

2002
»50 Jahre Mädchenchor Hannover«: eine Dokumentation mit Konzertausschnitten des NDR-Fernsehens von Ulrike Brenning und Angela Sonntag-Cardillo.

Gudrun Schröfel

Gudrun Schröfel studierte Schulmusik, Gesangspädagogik und Anglistik an der Hochschule für Musik und Theater Hannover. Sie vertiefte ihre Ausbildung in Meisterkursen bei Eric Ericson und Arleen Augér. Gudrun Schröfel konzertierte zunächst im Konzert- und Oratorienfach und dirigierte Chor und Orchester an einem Musikgymnasium. Seit 1985 war sie Professorin für Musikerziehung mit dem Schwerpunkt Dirigieren und Ensembleleitung an der Folkwang-Hochschule Essen, 1989 wechselte sie an die Hochschule für Musik und Theater Hannover, wo sie von 1997 bis 2011 das Amt der Vizepräsidentin bekleidete.

Bis 2018 war sie Mitglied im Beirat Chor des Deutschen Musikrats.

Gudrun Schröfel leitete den Mädchenchor Hannover bis 2019, seit 1978 als zweite Chorleiterin unter Ludwig Rutt, 20 Jahre in eigener künstlerischer Verantwortung, ab 2017 in der Doppelspitze mit Andreas Felber.

1984 gründete sie gemeinsam mit Ludwig Rutt den Kammerchor Johannes-Brahms-Chor Hannover, den sie bis heute leitet. Mit ihren Ensembles gewann sie zahlreiche erste und zweite Preise bei nationalen und internationalen Wettbewerben, u. a. BBC-Wettbewerb London, Brahms Wettbewerb Hamburg, »Let the Peoples Sing« (European Broadcasting Union, EBU), Internationaler Kammerchorwettbewerb Marktoberdorf, Tolosa, Arezzo, Deutscher Chorwettbewerb Köln, Stuttgart und Kiel.

Durch Auftragswerke von zeitgenössischen Komponisten wie Toshio Hosokawa, Peter Eötvös, Wilhelm Killmayer, Einojuhani Rautavaara, Vinko Globokar, Arvo Pärt, Steffen Schleiermacher und Alfred Koerppen leistete sie einen erheblichen Beitrag zur Erweiterung des Repertoires für Mädchen- und Frauenchöre.

Gudrun Schröfel war für die Einstudierung von Chor- und Orchesterwerken u. a. für Andris Nelsons, Andrew Manze, Enrique Mazzola und Eivind Gullberg-Jensen verantwortlich.

Zahlreiche CD-Einspielungen bezeugen die stilistische Repertoirebreite ihrer Chöre von der Renaissance bis zum 21. Jahrhundert, a cappella und mit Orchester. Beide Chöre – der Johannes-Brahms-Chor Hannover und der Mädchenchor Hannover – waren an der Kantateneinspielung zeitgenössischer Chormusik beteiligt, die 2010 mit dem Echo-Klassik-Preis ausgezeichnet wurde.

Die CD »Inka-Kantate, Töchter der Sonne« wurde 2019 für den OPUS KLASSIK nominiert.

Einladungen zu internationalen Festivals, Gastdirigate und Konzerttourneen führten Gudrun Schröfel durch ganz Europa, in die USA, nach Brasilien, Chile, Russland und mehrfach nach Israel, Japan und China. Sie ist gefragt als Jurorin bei internationalen Chorwettbewerben, von 2009 bis 2013 war sie Juryvorsitzende beim Internationalen Kammerchorwettbewerb in Marktoberdorf.

Zahlreiche ihrer Schülerinnen wurden erste und zweite Preisträgerinnen beim Bundeswettbewerb »Jugend musiziert«.

Für ihr außergewöhnliches Engagement erhielt Gudrun Schröfel etliche Auszeichnungen, u. a. 2012 den Niedersächsischen Kunstpreis für Musik, 2014 den Niedersächsischen Staatspreis und 2018 die Niedersächsische Landesmedaille.

Ulrike Brenning

Ulrike Brenning ist promovierte Musikwissenschaftlerin, Kulturjournalistin sowie Professorin für Fernsehjournalismus mit dem Schwerpunkt Kultur an der Hochschule Hannover.

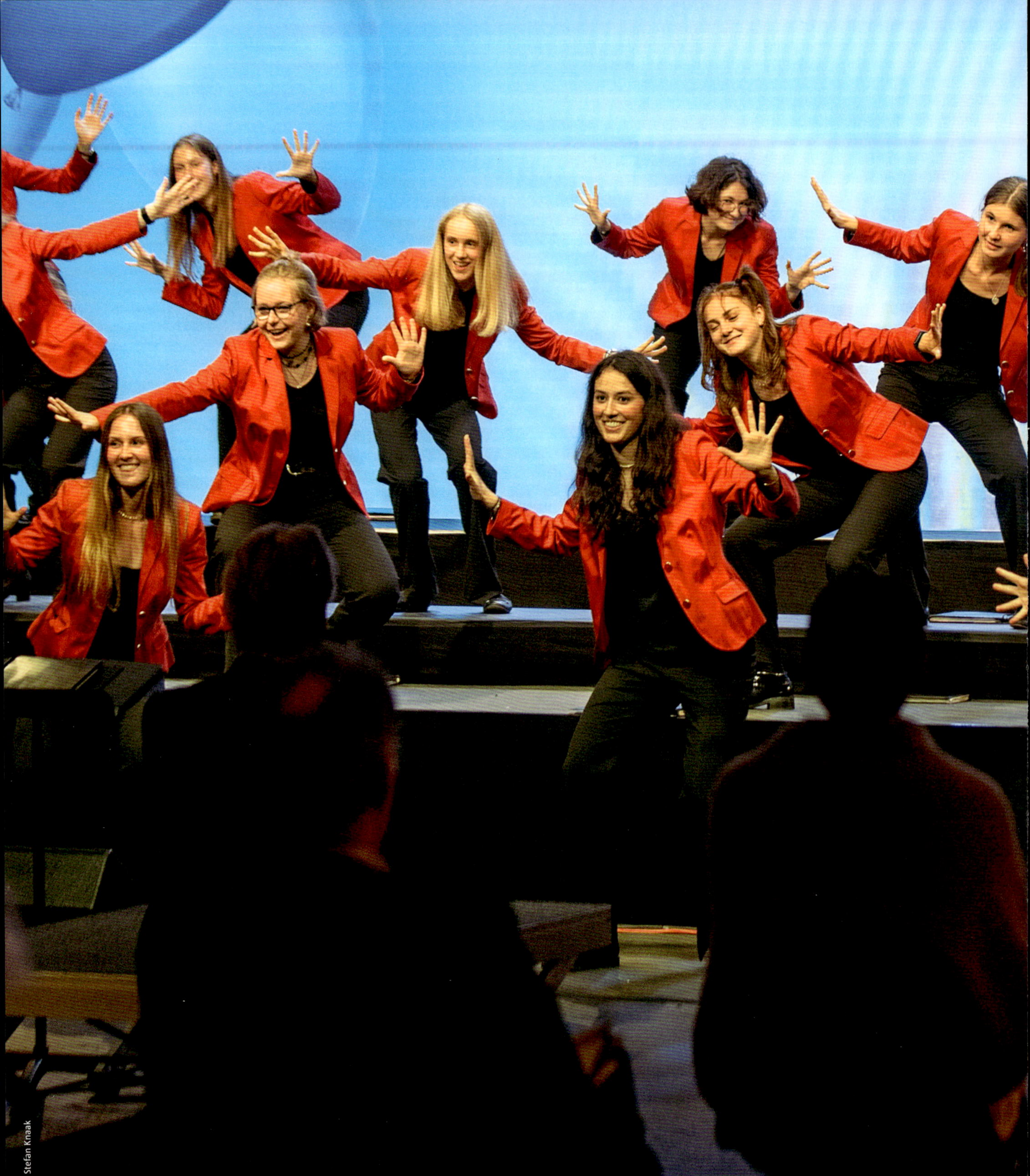
Stefan Knaak

© Carsten Peter Schulze

Impressum

© 2022 zu Klampen Verlag · Röse 21 · 31832 Springe ·
www.zuklampen.de

Redaktion
Prof. Dr. Ulrike Brenning, Johannes Held,
Prof. Gudrun Schröfel

Projektorganisation
Johannes Held

Bildrechte
© bei den jeweiligen Bildinhabern
Die Foto- und Bildnachweise wurden nach bestem Wissen angeführt. Sollte ein Rechteinhaber nicht genannt sein, bitten wir, das zu entschuldigen und sich mit uns in Verbindung zu setzen.

Gestaltung, Satz, Umschlag
Dirk Schormann · Leidecker & Schormann
Kommunikationsdesign · Hannover/Bad Oeynhausen

Druck
Gutenberg Beuys Feindruckerei GmbH · Langenhagen ·
www.feindruckerei.de

ISBN Print 978-3-86674-818-7
ISBN E-Book-PDF 978-3-86674-944-3
ISBN E-Book-EPUB 978-3-86674-945-0

*Bibliografische Information
der Deutschen Nationalbibliothek*
Die Deutsche Nationalbibliothek verzeichnet diese Publikation in der Deutschen Nationalbibliografie; detaillierte bibliografische Daten sind im Internet über *http://dnb.dnb.de* abrufbar.

Mit freundlicher Unterstützung von der

VHV STIFTUNG /

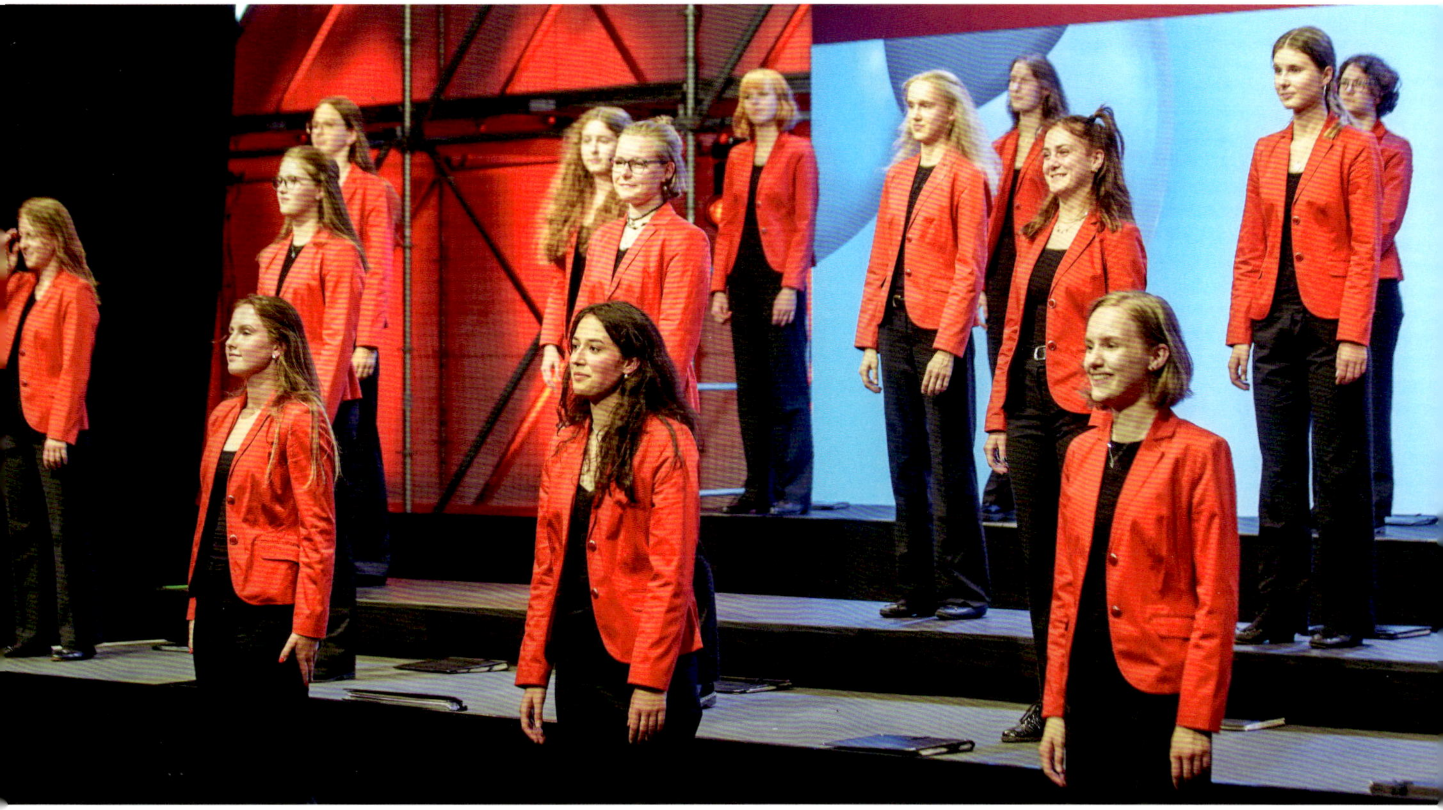

mädchenchor hannover